꽃망울의 미소처럼

이종윤 수필집

청어

꽃망울의 미소처럼

이종윤 수필집

책을 내면서

인생 황혼의 끝자락에 서보니 쫓기듯 밀려오는 옛 청춘의 그리움을 주체할 길이 없습니다. 그래서 삶의 여백에 무엇이라도 머릿속에 떠도는 생각들을 하나씩 구체화해서 그려놓고 싶은 심정에 나도 모르게 서투른 글로 표현해 봤습니다. 좀 더 억압된 현실과 삶의 굴레에서 벗어나 어디론가 도피하고 싶을 때가 있는데 지금이 바로 그때인 것 같습니다. 그래서 경직된 관념에서 벗어나 자유로운 넋을 위해 할 수 있는 길은 오직 독자 여러분과의 대화의 장을 마련하는 것이 필자의 최선의 선택이고 예의라 여겨 다시금 마음의 글을 옮기기로 결심했습니다.

얼마 전에 제1집 『마음의 호숫가를 거닐 면』 수필집을 출판하면서 언급한 독자들과의 약속을 지키기 위해서도 지난번보다 더 빛깔 좋은 물감으로 아름다운 그림을 그리듯 미력이나마 성심을 다하여, 제2집 『꽃망울의 미소처럼』을 재출간하게 되었습니다. 아름다운 봄날에 속삭여 대는 여심의 풍경화처럼 아름답지는 못하더라도 풍겨오는 미풍 같은 감미로움과 신선함을 더하여 있는 힘을 다하였습니다만, 그 맛이 어떨지는 의문입니다. 평소 우리가 해야 할 행동과 하지 말아야 할 일들과 저자 나름대로 즐거움과 행복을 찾아가는 배려와 양심의 언덕에서 바라본

과제들을 글로 옮겨본 것입니다.

좀 부족한 작품일지라도 독자 여러분께서 아낌없는 격려와 충언의 단비를 주신다면 메마른 땅에 신선한 새싹을 다시 틔우고 아름다운 꽃을 피우겠습니다.

앞으로 서산으로 기울어지는 노을이 잠시나마 아름다운 빛을 다 하듯이 저자도 앞으로 빛나는 황혼의 넋이 다할 때까지 독자 여러분들의 끊임없는 응원에 보답코저 보다 나은 작품을 선사토록 하겠습니다.

끝으로 아무쪼록 여러분의 가정에 즐거움과 행복이 함께 하시기를 기원하는 바입니다.

2025년 새해
저자 이종윤

2부   인생은 낙장불입

1부
인간만사 새옹지마

가는 세월 붙잡아 두고 싶다

　아직 저녁이려니 하고 한잠 자고 눈을 떠보니 어느새 창밖의 눈부신 아침 햇살이 수다스러운 새들과 즐거움을 나누고 있다. 이토록 다람쥐 쳇바퀴 돌리듯 해가 뜨면 지기를 반복해 가는 것이 세월인가 보다. 시간이란 세월은 우리 인생을 데리고 뒤도 돌아보지 않고 무정하게도 앞만 보고 달려가 버린다.

　"세월아, 너는 고장도 없이 잘도 가면서 어찌하여 우리 몸뚱이를 그리도 하나둘 고장 내려 하느냐?"

　묻고 싶다. 흐르는 세월을 막을 수 없듯이 지나가는 바람과 구름조차 내 인생을 끌고 가는 것을 어찌 막을 수 있겠는가?

　지금부터 슬슬 고장 나기 시작하는 내 몸뚱어리가 어느 날 어느 곳에 머물지 몰라 노심초사하다가 삶을 감당하기 어려워지면 생의 끝자락에서 어쩔 수 없이 새로운 길을 선택해야 하는 고엽(枯葉)이 아닌가! 하지만 살아 있는 동안은 여전히 풋풋한 인정이 넘치는 노을의 언덕에서 심호흡하며 처연하면서도 담담해지고 싶은 마음만은 변함이 없다. 고독이 슬그머니 내 곁을 따라붙을지라도 자연의 변화에 순응하며 살아가리라. 순리대로 받아들이고 적응하며 고풍스러우면서도 위풍당당하게 뜨뜻이 걸어가리라.

중용(中庸)에서 천명지위성(天命之謂性)이라 했다. 인간이 생명을 받아 본성(이성)을 가지게 된 것은 하늘의 명이란 뜻이다. 결국 인간 생명은 천명에 의한 것으로 누구나 마음대로 할 수 없다는 의미다. 하늘에서 내리신 수명은 어쩔 수가 없다. 그래서 의지할 곳 없는 나그네들의 마음은 하루하루가 몹시 근심스럽다. 인생이란 한점의 바람일 뿐이고 순간에 불과하다. 세월이란 시간이 어깨를 누를 때 그 어떤 힘으로도 저항할 수 없다.

단 한 번뿐인 인생, 살아서 한번 피는 꽃 그러기에 생명에 대한 애착은 인간이 갖는 최후의 보루인 것이다. 그러기에 인생은 나이가 들수록 목숨에 대한 애착의 비중이 더해 가는지도 모른다. 젊어서나 늙어서나 신병 없이 생애의 천수를 누린 사람은 참으로 행복한 인생이다.

그래서 누구나 자기 생명의 몫을 다하기 위해 발버둥 친 삶의 흔적을 적나라하게 반백의 머리와 골 깊은 주름살로 대신해 주고 있지 아니한가. 우리는 세월의 나이테를 휘감고 이제까지 살아왔기에 자글자글한 눈가의 주름들을 더 이상 감출 것도 들춰낼 것도 없다. 이제부터는 일상의 굴레와 멍에를 벗어던지고 아름다운 자연과 더불어 얼마 남지 않은 인생을 곱게 다듬어야 할 때다. 인생을 하루살이에 비교하기도 하고 인생의 사계절로 표시하기도 한다.

태어남을 봄이라 한다면, 청년은 여름이요, 중장년은 가을이며, 노년은 한해를 접는 겨울을 상징한다. 겨울의 노년은 햇빛에 비친 갈잎처럼 우아하고 아름다운 순간들을 소중히 간직하며 즐거움을 사랑해야 한다. 그래서 해가 떠오르면 없어지는 이슬이 잠시나마 풀잎에 머무르는 모습을 통해 인생의 덧없음을 의미하는 초로인생(草露人生)이라 하지 않든가. 순간적인 이슬의 반짝임 속에서 우리는 무엇을 깨닫고 어떻게 살아가야 할지를 생각케 한다.

삶은 초로인생이라는 긴 여행이 아니라 각자의 짧은 덧없는 여정이니 서로 아끼고 사랑하며 살아가는 것이 최선의 도리일 것이다. 하여 우리는 모두가 삶이 덧없음을 받아들이고 그 속에서 깊은 가치를 발견하려는 노력이 있어야 하지 않겠는가.

얼마 남지 않은 노을빛을 붙들고 애원이라도 하듯 마지막 불꽃을 태우고 있는 저 태양의 처절한 아름다움을 그저 감상하며 한순간 한순간의 소중한 삶을 즐길 줄 아는 사람이 진정한 인생일 것이다.

아직까지는 가버린 젊음의 자리에 넉넉한 마음의 여유로움이 남아 있다. 그러기에 우리가 아름답게 살다가 즐겁게 떨어진 잎새처럼 미소 짓는 뒷모습을 보이고 싶은 마음은 인지상정이다.

나훈아의 〈고장 난 벽시계〉의 유행 노랫말이 있다.

세월아~ 너는 어찌 돌아도 보지 않느냐~

나를 속인 사람보다 니가 더욱 야속하더라~

뜬구름 쫓아가다 돌아봤더니 어느새 흘러간 청춘

고장 난 벽시계는 멈추었는데, 저 세월은 고장도 없네~

    이 구절들은 세월을 쫓아가다 돌아본 아쉬움과 야속함을 진솔하게 표현한 공감의 대중가요로 모든 국민의 폭발적인 인기를 독차지한 곡이다.

    이 노래를 들으면 우리는 지나간 시간을 아쉬워하기보다는 현재의 순간을 소중히 여기고 앞으로의 시간을 뜻있게 만들어 가야겠다는 다짐을 하게 된다.

    초로의 인생처럼 삶과 죽음이 뒤섞여 있을 때, 우리는 그 사이에서 어떠한 것이 나의 후회 없는 선택인가를 심사숙고해야 한다. 간절한 순간들을 놓치지 말고 어둠을 딛고 우리의 삶의 어려움을 극복하다 보면 조금 더 살아야 할 세상의 진실한 의미를 느끼게 되리라.

    바람처럼, 구름처럼 흘러가는 세월의 아쉬움과 허전함을 이기지 못해 부른 노래로 서유석의 〈가는 세월〉이나 최희준의 〈하숙생〉 같은 애절한 곡을 들을 때마다 가는 세월을 붙잡아 두고 싶은 마음뿐이니 어찌 인생이 허무하지 않다 하겠는가. 솔직히 말해 이것이 지금까지 달려온 내 세상, 내 생애의 애착이 아니었나 싶기도 하다. 잠시 머물다 가는 나그네이거늘 새콤한 풋사과 맛은 아닐지라도 은근한 향기 내음이 풍기는 인생의 곰삭은 맛은 있어야 그래도 가는 세월을 붙잡고 사정이라도 한 번 해볼 것이 아니겠는가.

노을빛의 넋

넋은 마음의 작용을 다스리고 생각하는 정신이며, 넓은 의미에서는 영혼, 육체까지도 포함한다. "인간의 넋은 하늘보다 더 크고 더 깊다"라는 셰익스피어의 주장처럼 넋이란 그만큼 넓고 심오한 뜻이 담겨져 있다.

넋의 종착에서 바라보는 노을의 상징으로 '기생 죽은 넋'이라 표현하기도 한다. 이는 낡아 못 쓰게 되도록 노쇠할지라도 아직 볼품 있고 아름다움이 돋보이는 진취적 노년을 뜻함이다. 즉, 늙어가는 게 아니라 지긋이 곰삭아 익어가는 맛깔스런 황혼 인생을 말함이다. 다시 말해 활짝 피었다 시들어 떨어진 허무와 무상의 낙엽 같은 인생이 아니라 먹음직스럽게 실한 열매의 향기가 정감으로 다가서는 진정한 노을빛의 넋인 것이다.

노년의 상을 생트뵈브는 "당신의 넋을 숨겨 보이지 않게 하라, 그것을 아름다운 것이라고 믿고 싶으니까."라고 했다. 이는 속절없이 지나가는 세월 속에는 아무리 넋의 노을빛이 나름대로 '아름답다'라고 느낄지라도 개중에는 달갑지 않은 면도 함께 살아 숨 쉬고 있음을 염두에 두고 항상 조심스러운 발걸음을 옮겨야 한다는 주의성 발언일 수 있다.

한편 어록에 "돈을 위해 일하는 사람은 그의 넋조차 돈으로 만들어 버린다 하여 때로는 넋이 물욕이나 집착의 노예가 될 수도 있다"는 부정적 기록도 있었고, 1817년의 베토벤 일기에서는 "넋이란 영혼과 상관이 없는 육체의 즐거움으로 동물적인 것이며 결코 그 이상의 것이 되지 못한다. 결합 후에 고귀한 감정의 흔적도 없어 오히려 회한(悔恨)이 남을 뿐이다."라고 하여 넋을 달갑지 않은 무의미한 존재로 보기도 했다. 하지만 우리가 바라는 긍정적인 측면의 종착역 노을빛은 잠시 보여주기식의 아름다움보다는 가을철의 한들거리는 들꽃의 화사함처럼 소리 없이 다가서는 정겨움의 요정 같은 것이 아닐까 싶기도 하다.

각박한 세상에 밀어내도 자꾸만 따라붙는 인생 종착역의 외로움과 공허감의 굴레를 벗어나 잠시 왔다 사라져가는 색다른 노을빛 공간에서 실 같은 한 올의 즐거움이라도 건져낼 수 있다면 이 또한 값진 행복이 아닐까? 그뿐인가. 깊은 산골짜기에 흐르는 물살처럼 내닫는 세월의 품 안에서 자연이 주는 모든 신비는 그대로 용인하며, 찬란한 노을빛이 아닐지라도 텅 빈 가슴에 아름다운 한 줌의 즐거움이라도 채워갈 수 있다면 인생 나그네의 보람 있는 삶이 아니겠는가!

이 세상에서 영원한 것은 아무것도 없다. 생존해 있는 동안 잠시 쉬었다 가는 인생이기에 담담한 마음으로 넋의 여백에 삶의 참된 가치를 채워가는 것도 주어진 삶의 담대한 용기일 것이다. 하지만 그렇게 하고 싶다 하여 호락호락 그렇게 성사되는 일은 별로 없다. 그렇다고 종착역의 노을빛 인생은 어쩔 수 없는 숙명이라 여기며 뉘엿뉘엿 서산마루를 넘는 노을빛만을 애태우게 바라보며 그대로 손 놓고 감상할 수만은 없지 않은가. 삶은 한순간이다.

오늘이 있다고 해서 내일이 보장되지 않는다. 그때그때 떠나려는 즐거움과 행복들을 붙잡아 놓고 후회 없는 아름다운 순간들을 그림으로 그려가는 것은 스스로를 지키고자 하는 자기의 몫이다. 인생의 넋은 소리 없는 미소요, 잠시 머무르는 노을일진대, 꾸밈없이 조용히 내려앉는 진실함 그 자체이기에, 번뇌 없는 넋의 마지막 무대를 아름답게 장식해 나가기 위해서도 보다 긍정적이고 활기찬 열정의 불씨를 반드시 지펴내야 한다.

이것이 보람 있고 생동감 넘치는 삶이라면 더할 나위 없는 최고의 낙일 것이다. 낙은 누가 만들어 주지 않는다. 오직 자기 자신만이 보일락 말락 한 즐거움과 행복을 찾아내야 한다. 이는 부단한 노력의 대가에서 얻어질 수 있다. 이 순간부터라도 노을빛 넋의 기대치를 한껏 밀어 올려보자. 다 함께 부럽지 않은 노년의 아름다운 노을빛 넋을 위하여!

그래서 우리 세대에서 이 같은 참신한 노을빛 넋의 단아한 기풍과 짙은 향기 머금은 다채로운 향연을 자라나는 후세에까지 모범적인 미풍양속으로 떳떳이 넘겨보자! 이것이야말로 노후를 설계하는 보람찬 넋의 금상첨화가 아니겠는가!

바람 따라 구름 따라가는 인생

　마음속의 나는 그대로인데 세월은 바람처럼 구름처럼 속절없이 흘러 어느새 황혼의 마루턱에 와있다. 젊은 날 창공을 향해 뻗었던 연둣빛 희망은 어디 가고 볼품없이 나뒹구는 황혼의 갈색추억만이 잃어버린 청춘의 아쉬움을 달래고 있다. 아무리 삶이 어길 수 없는 우주의 질서 속에서 언젠가 반드시 죽음에 이른다 해도 솔직히 말해 한세상을 지내온 우리로서는 너무 야속하고 허무하기 짝이 없다. 세월은 오는 것이 아니라 가는 것이란 진리를 팔십이 넘어서야 더욱더 그 뜻의 소중함을 느끼게 된다.

　해가 바뀌고 나면 어린애들은 한 살 더해주고 어른들은 한 살 빼준다는 나이조차도 무시해 버렸던 철없는 청춘시대가 한 가닥의 추억으로 남아 있다.

　하여튼 평상시 세월은 언제나 묵은해는 기울게 하고 새해를 맞이하게 해주는 자연의 이치마저도 무감각 속에 두고 이제까지 바람같이 구름같이 흘러온 무지의 인간이 늦게나마 인생이란 무엇이며 진실한 삶의 의미를 다소나마 깨닫게 된 것만도 다행한 일이다. 이것은 아마도 생명을 거두기 전에 잠시 멍청했던 나에게 참신한 삶을 느껴 보라는 신의 배려인지도 모른다. 그럼에도 남은 인생을 낙으로 채우려는 욕심은 쓸데없는 몸부림에 불과한 것 같다.

　그렇다고 지나가는 세월을 마냥 지켜보며 무모하게 보낼 수는 없지 않은가?
　자연의 순리 앞에 모두 쓸데없는 망상에 사로잡혔던 인생들은 누구나 어쩔 수 없이 자연의 섭리에 따라야 하는 숙명을 안고 살아갈 수밖에 없는가 보다. 이것이 자연이 명하는 순리대로 살아가는 인간 모두에게 가르쳐 주는 교훈일 것이다. 그러기에 지나가는 세월 붙들고 아무리 애원해 봤자 아무 소용 없는 일이기에 남은 세월을 충실하게 살아가고자 한다면 그 흐름을 거부하지 말고 순순히 따라야 한다. 벤자민 프랭클린은 "이미 흘러간 물로는 물레방아를 돌릴 수 없다"라 했다. 누구나 바람 따라 구름 따라가는 세월을 되돌릴 수 없는 것이다. 누구나 몇 장의 단풍잎만 달고 안쓰럽게 서 있는 나뭇가지이거늘 오늘이라도 오라면 가야 하는 것이 마지막 인생이 아니겠는가?
　살아 있는 동안 우리가 사람일 수 있는 것은 자신의 삶을 스스로 되돌아보고 반성하며 삶의 가치와 무게를 어디에다 두고 살아가야 할 것인지를 함께 헤아려보는 것이 자신이 해야 할 몫이다. 이것이 '내 세상은 어디에 있으며 어디쯤 가고 있는가?'를 저마다 마음속 깊은 곳에서 우러나오는 진정한 자신의 물음에 답해야 할 이유일지도 모른다.

사람은 무엇 때문에 사는지 어떻게 사는 것이 진정 사람다운 삶인지 근본적인 물음 앞에 마주 서서 진정한 답을 내놓아야 한다. 그렇지 않으면 누구든 자기에게 주어진 시간이 영원하리라는 착각 속에 빠져 교만해지고 세상에 자기밖에 없는 것처럼 상대를 깔보고 자기의 욕망과 욕구를 채우기 위해 폭력과 거짓과 사기를 일삼는 혼탁한 세상의 주범이 될 수밖에 없는 것이다.

지나가는 세월을 아쉬워할 게 아니라 오는 세월을 유용하게 쓸 줄 아는 것이 삶의 지혜를 터득하는 길이다. 옳은 일이라면 무슨 일이든 망설임 없이 흐름을 멈추지 말고 매듭을 지을 때까지 무모하게 포기해서도 아니 된다. 이는 미리 포기함으로써 순간 모든 일이 수포로 돌아감을 의미하기 때문이다.

죽을 수 있는 용기로 살려는 굳건한 의지는 인내와 끈기를 품에 안고 오뚝이 같은 인생을 탄생하게 한다. 이 타이밍을 놓친다면 아무리 후회해도 소용없으며, 모든 것이 흘러간 바람이요, 구름 같은 여정으로 반갑지 않은 고독과 허무만을 키우게 된다. 가버린 젊음의 자리에 넉넉한 가슴과 여유로움을 채워가려면 이웃과 함께 봉사하며 서로 간의 사랑을 나누거나 살아오는 동안 부족했던 일, 그간에 이루지 못했던 일들을 정연하게 하나하나 다듬어 정리해나가는 길만이 자기 스스로 황혼을 아름답게 꾸미는 원동력이 되는 것이다.

삶은 끝없는 변화이기도 하지만 날마다 새로운 시작이기도 하다. 모든 것은 변화를 거치면서 살아 움직이고 있다. 사람의 변화하지 않는 삶은 죽음과 같은 존재다. 세월이 무상하고 덧없는 것은 그 속에 사는 우리가 늘 변하지 않기 때문이다. 그러기에 이런 변화무쌍하게 흘러가는 세월만 탓할 게 아니라 불타는 석양 앞에 서서 또 다른 내일의 소망을 꿈꿔보는 것도 마지막 인생의 살가운 맛을 느낄 수 있는 절호의 기회요 보람일 것이다.

여기에 덧붙인다면 앞으로 인간답게 살다가 곱게 물든 나뭇잎처럼 살포시 떨어지는 뒷모습이 아름다워야 즐거운 인생을 보냈다 할 것이다. 그뿐인가, 뒷방에서 변하는 세월만 나무라는 노인이기 전에 손짓하는 석양의 노을빛 삶을 향해 가슴을 쭉 펴고 환한 웃음으로 내일을 반갑게 맞아들이는 노인이야말로 여생의 진실한 가치를 창조하는 사람이다.

꽃이 필 때는 당연히 아름다워야 하겠지만 낙화로 질 때도 아름다워야 후회 없는 웃음꽃 인생이라 자부하지 않겠는가? 각박한 세상에 여유를 찾는 보람에 또 다른 내일을 향한 기대감으로 하루하루를 느긋한 즐거움으로 지내게 되면 황혼의 삶을 더욱 찬란하게 빛낼 수 있으리라. 그렇게만 된다면 세월이 지나고 먼 훗날에 많은 지인이 그대를 인간미 넘치는 제일 멋진 사람이었다고 기억해 줄 것이다.

앞으로 찾아올 여러분의 뜻 있는 소망이 이루어지기를 진심으로 기원하며 기쁜 마음으로 오늘의 막을 내리고자 한다.

상실해 가는 미래비전의 증후군

비전(vision)이란 내다보이는 미래의 상황을 그리는 구상을 말함이며 가능성, 포부나 희망의 원천이다. "미래에 대한 비전이 있나?"라고 물을 때, 보통 장래에 대한 '시야(視野)나 식견(識見)'을 말하기도 한다.

그런데 오늘날 우리는 '비전의 상실 시대'를 맞고 있다는 것이다. 왜 그럴까? '상실해 가는 미래비전의 증후군'이 유행병처럼 번져 가고 있기 때문이다. '상실해 가는 미래비전의 증후군'이란 현재의 상황이 무의식중에 서서히 익숙해져 빠져나올 수 없는 미래의 상태로까지 미치는 현상을 말함이다.

누가 말하기를 미래비전의 증후군을 '우물 안 개구리 현상'이라 표현하기도 한다. 좁은 우물 안에서 태어나고 자란 개구리는 당연히 우물 안이 자기 세상의 전부라 믿고 살았으니 넓은 세상이 있다는 것을 알 턱이 없다.

'온수자와(溫水煮蛙)'란 사자성어가 있다. 한자어로는 따뜻할 온(溫), 물 수(水), 삶을 자(煮), 개구리 와(蛙)로 즉, 따뜻한 물로 개구리를 삶는다는 뜻이다.

이와 걸맞은 사례로 프랑스의 '그르누이(Grenouille)'란 유명한 삶은 개구리요리가 있다. 이 요리는 손님이 앉아있는 식탁 위에 버너와 냄비를 가져다 놓고 손님이 직접 보는 앞에서 개구리를 산 채로 냄비에 넣고 요리를 하는데, 이때 냄비에 넣은 물이 뜨거우면 개구리가 펄쩍 튀어나올 수 있기 때문에 맨 먼저 냄비속에는 개구리가 가장 좋아하는 온도의 물을 붓고 나서 불로 서서히 가열한다. 그러면 냄비 속의 개구리는 기분 좋은 상태에서 자기가 삶아지고 있는 줄도 모른 채 잠들어 죽게 된다.

마찬가지로 우리도 항시 하던 대로 하는 습관이나 느슨한 생활에 젖다 보니 변화에 둔감하게 된다. 먹고 사는 데 아무런 지장이 없고, 자기는 다른 사람보다 잘나 보이고, 학벌이 좋아 무시당하지 않고, 많은 친구의 부러움을 독차지하는 처지가 되면 자기 스스로 안일한 생각에 빠져 지금 자기가 어디에 있으며, 무엇을 하고, 어디로 가고 있는지조차 모르고 하루하루를 무의식 속에 서 익숙해지는 무의미한 삶을 살아가게 된다.

바로 우리의 변함없는 후진국형의 정치가 그렇다. 달라질 기미도 보이지 않고, 언제나 그 반찬에 그 밥이니까 국민이 어떻게 사는지 무엇을 바라는지 관심조차 없고 그저 서로 칼날들만 갈고 앉아있으니 앞날의 비전이 참담해질 수밖에는 없다. 그러다 보니 오늘날 아등바등 살아가던 국민조차 냄비 안에 개구리 신세가 되어 따뜻한 물에 자신이 죽는 줄도 모르고 편안히 잠들어 있는 게 아닌가 싶기도 하다.

그렇다면 우리 국민 각자는 자기 스스로 따스하게 데운 물에 잠자다가 죽어가는 개구리 신세가 되는 것은 아닌지 다시 한

번 골똘히 생각해 볼 필요가 있다. 이렇게 되면 미래에 대한 비전이 상실된 국민이나 국가는 희망도 없으며 발전해 나갈 수가 없다. 오늘만 그렇게 살다가 내일이면 그만이라는 헛된 망상은 아무것도 모르는 무지로 그야말로 무용지물의 인간이라 할 것이다.

그러나 우리는 좁디좁은 냄비 속의 개구리가 아니다. 늘 활기찬 변화에 적응하며 긍정적인 마인드로 삶의 가치를 가꿔가는 값진 사람이라는 자부심을 잊지 말아야 한다. 『종의 기원』을 쓴 찰스 다윈은 "살아남는 것은 가장 강한 종도, 가장 똑똑한 종도 아니고, 변화에 가장 잘 적응하는 종이다."라고 했다. 이것이 바로 미래의 비전을 향한 적자생존(適者生存)의 자연법칙이란 것이다.

빌 게이츠도 "나는 힘이 센 강자도 아니고 두뇌가 뛰어난 천재도 아니다. 날마다 새롭게 변했을 뿐이다. 이것이 나의 비결이다."하여 다윈과 비슷한 말을 남겼다. 이는 모두가 비전의 전향적 변화를 기회로 받아들여야 한다는 위인들의 강력한 충언이기도 하다. 조지 버나드 쇼의 유명한 묘비명(墓碑銘)의 글귀에 "우물쭈물하다가 내 이렇게 될 줄 알았지"란 구절 또한 후회 없는 기회 포착의 중요성을 강조한 말일 게다.

로마제국이나 통일신라가 멸망한 것은 외부의 침략 때문만은 아니다. 국민의 마음을 사로잡아야 할 원대한 꿈과 비전이 사라짐으로써 서로 단결하지 못하고, 서로 반목과 대립을 일삼고, 뚜렷한 목적과 목표 의식이 사라짐으로써 그냥 내부에서 저절로 허무하게 무너져버린 것이다.

사람들은 누구나 마치 주어진 시간이 영원하리라는 착각 속에 빠져 미래를 무시한 채 현재 보이는 것만 주먹구구식으로 해결하다 보니 앞날의 비전은 영원히 암흑의 터널에서 헤매게 된다. 그러나 우리가 하루속히 그 냄비 안의 개구리 착각에서 속히 벗어나 밝은 미래의 비전이 곧바로 현재와 이어갈 수만 있다면 이상적 야망의 출구는 그만큼 쉽게 열릴 수 있을 것이다.

오늘은 다시 머무르지 않는다

　요즈음 센티멘털하게도 아침에 눈을 뜨면 으레 '오늘도 밝았구나!'가 아니라 '오늘도 세월은 가는구나!'라고 무의식중에 혼자 중얼거리게 된다. 이는 아마도 속절없이 흘러가는 세월의 종착역에서 아쉬움과 허전함을 애써 달래보려는 처연한 나그네의 심정인지도 모른다.

　평시 나이는 숫자일 뿐이라고 대수롭지 않게 여겨왔던 인생이 황혼종착역에 이르고 보니 눈 깜짝할 사이에 숨 가쁘게 달려온 세월이 무정하게 느껴진다. 따라서 '나'라는 존재가 빛바랜 낡은 영사기 필름 속에 비친 그림자처럼 나약하기 짝이 없다. 세월이 빠른 건지 아니면 삶이 짧아진 건지 아리송하지만 아무튼 수려했던 외모는 온데간데없고 어느새 머리에는 희끗희끗하게 서리를 이고 기미 긴 얼굴에는 늙어만 가는 볼품없는 인생계급장이 줄무늬를 그은 채 가녀린 내 마음을 무자비하게 천태만상의 허탈감으로 몰아넣는다. 허나 이를 세월 열차에 탑승한 나그네의 무색한 넋두리라고 단순히 넘기기엔 왠지 선뜻 마음이 내키지 않는다. 그동안 시래기 엮듯 역어 온 인생길, 얽히고설킨 희로애락의 여정의 흔적들을 돌이켜 보면 멈출 줄 모르고 내 닿는 세월을 원망하기에 앞서 소리 없이 다가서는 외로움과 적적함이 꼬리를 물고 늘어진다.

그뿐이랴, 썰물이 빠져나간 갯벌처럼 헐렁하고 어딘지 모르게 텅 빈 것 같은 뭔가 덜 채워진 듯한 공허감마저 제자리를 떠날 줄 모르고 서성인다. 흐르는 세월 속에서 어떠한 삶이 진정 행복하고 값진 삶인지 답을 찾으려 해도 뚜렷한 정답이 선뜻 나서지 않는다. 어떻게 보면 오롯이 돌아오지 못할 강을 건너는 것처럼 오늘이 말없이 가면 내일 또한 그렇게 가고 다시는 못 오는 길을 홀연히 떠난다는 청승맞은 나그네의 뜬금없는 허탈감에 인생이 마치 시들어가는 화초처럼 느껴진다.

그럴 때마다 다시는 돌아오지 못할 걸어온 지난 일들이 단순히 나의 주어진 추억이라기보다는 회한과 아쉬움만이 주책없이 나의 마음을 들먹인다. 인생행로는 꿈이 아니다. 희로애락이 실상은 꿈이 아니었기에 살아온 동안 세상의 흐름에 충족하지 못한 후회나 좌절감의 흔적들이 인생 종착역에서 원망스런 부스러기들로 나풀거린다.

나는 이런 가당치 않은 허무함의 잔해들을 수시로 달래고 답답한 마음의 숨통을 잠시라도 틔우고자, 으레 순수한 동심으로 돌아가 지난날의 즐거웠던 낭만의 호숫가를 거닐며, 옛날 삶의 뒤안길에서 웃고 울고 떠들어대던 오만가지의 회로애락의 애틋한 사연들을 떠올려 보곤 한다. 그뿐이랴. 펼쳐진 인생 문제를 떠올려놓고 고난을 인내와 긍지로 버텨낸 세월을 스스로 감사해하면서 마음을 다스린다. 그저 세상을 하직하기까지 무병으로 건강하게 살다가 잠자듯 이승을 소리 없이 떠난다는 것도 고마운 것이고, 한 가닥의 남은 인생의 노후를 아름답게 꾸며보려는 진정한 마음을 다소나마 달래 주는 위안도 더불어 행복감을 느끼게 한다.

어떻든 살아온 날들과 살아갈 날들의 흐르는 시간을 적절하게 저울질하면서 식어버린 가슴을 따뜻하게 데우는 데 최선을 다하는 인생 나그네가 되어 마지막으로 주어지는 한 가닥의 소망이 있다면 그것만은 꼭 건지고 싶다. 파스칼은 "시간은 인생의 온갖 슬픔과 고난 그리고 고뇌의 상처를 아물게 해주는 명의(名醫)"라고 했다. 어쨌든 시간의 흐름은 고난과 슬픔으로 상처받은 아픔을 씻어주는 명의이기도 하지만 시련과 아픔을 어루만져 치유하고 아름답게 장식해주는 마음의 정원사이기도 하다.

인생 종착에서 바라본 가장 소중한 나의 인생관이란 사는 동안 무거운 짐을 내려놓고 스스로 일상의 굴레에서 벗어나 이웃에 대한 배려와 봉사의 메시지를 전달할 수 있는 진정한 집배원이 되기를 바라는 마음이다.

'있을 때 잘해!'란 노랫말처럼 유수같이 흐르는 유혹의 세월 따라 떠나면 다시 못 올 오늘이기에 그간에 못 했던 배려와 사랑을 이웃에게 나누어 줄 수 있는 인생의 아름다운 여정이라면 만족스럽다.

보잘것없는 노년의 작은 가슴일지라도 일렁이는 따뜻한 봉사의 넋을 키울 수 있는 사랑의 마음이라면 바로 소망을 실현할 기회를 맞을 수도 있음이다.

　　그렇게만 된다면 나는 아름답게 피었다가 볼품없이 시들어 떨어진 꽃잎 잎사귀보다는 마지막까지 매달려 최선을 다하다 떨어지는 자랑스러운 보랏빛 잎사귀가 되고 싶다.

인간만사 새옹지마

　중국 어느 변방에 한 노인이 말들을 애지중지 기르고 있었는데 하루는 그렇게 아끼던 말 한 마리가 우리를 빠져나가 사라져 버렸다. 그런데도 노인은 이를 마음에도 두지 않고 평상시와 같이 지내고 있었다. 그 소문을 듣고 이웃 사람들이 찾아와 위로하는데 노인은 오히려 "이 일이 도리어 복이 될지 누가 아느냐?" 며 태연히 반문하곤 했었다. 그러던 중 얼마 후에 집을 나갔던 말이 다른 멋진 말 한 마리를 데리고 집으로 돌아왔다. 노인은 이번에도 역시 별 내색 없이 훌륭한 말을 정성 들여 키우게 되었다. 그러던 어느 날 아들이 새로 들어온 멋진 말을 타다가 굴러 떨어져 다리가 부러졌다. 그때도 노인은 말을 원망하거나 아들이 다친 것을 크게 걱정하지도 않고 묵묵히 다친 다리만을 치료해 줄 뿐이었다. 몇 달이 지나 평온하던 나라에 갑자기 먹구름이 끼기 시작했다.

　이웃 나라와 치열한 전쟁이 벌어져 노인이 사는 마을에서도 많은 젊은이가 전쟁터로 끌려가 돌아오지 못하는 상황이 벌어지게 되었다. 그러나 노인의 아들은 말에서 떨어져 입은 상처 덕분에 징집이 면제되어 전쟁터에 나가지 않아 죽음을 면할 수 있었다는 이야기에서 새옹지마(塞翁之馬)라는 말이 생겼다고 한다.

만약 이 노인이 기르던 말이 빠져나갔을 때 노발대발 화를 냈다면 그 말은 다시 돌아오지 않았을 수도 있고, 다른 말을 데려오거나 아들이 말에서 낙마하는 일도 없었을 뿐만 아니라 어쩌면 전쟁터에 나가 죽었을지도 모르는 일이다.

이렇듯 흔히 한 치 앞을 내다보지 못하는 것이 인생이다. 그래서 사람들이 "인간만사 새옹지마라더니 일이 이렇게 풀리는구나!" "인간만사 새옹지마라는 말이 있지만 이번 일이 딱 그런 격이다."라고 말하는 이유도 여기에 있음이다.

그러기에 우리는 덧없이 흘러가는 세월에 기쁨과 슬픔, 즐거움과 고통, 행운과 불운, 복과 재앙 즉, 길흉화복(吉凶禍福)의 변화를 예측하기 매우 어려운 삶을 경험한다. '새옹지마'란 인생을 살면서 무슨 일이 어디서 어떻게 일어날지 아무도 알 수 없는 의미를 지닌다. 그래서 좋은 일에 금방 기뻐하고 나쁜 일에 금세 노여워하는 일은 가급적 주의 깊게 삼가야 한다. 이는 오늘의 좋은 일이 내일의 화를 부를 수 있고 오늘의 고난이 내일의 복을 가져올 수도 있기 때문이다.

사람들은 좋은 일과 행복을 원하지만 화와 흉을 싫어하는 길흉화복의 원인이 어디에 있는가를 알지 못하고 나쁜 일이 생기면 무조건 사람을 원망하고 하늘을 원망한다. 하지만 모든 원인은 결국 자기에게 있음을 알아야 한다.

자기가 과거에 행한 행위가 원인이 되어 현재의 자기가 이렇게 살고 있음을 깨닫게 되면 길흉화복의 모든 원인이 자기에게 있음을 알게 된다. 다시 말해 자기가 행한 대로 결실을 얻는다는 것. 내가 행하고 내가 받는다는 자업자득의 인식인 것이다. 그런고로 모든 원인을 밖에서 찾지 말고 자기 자신의 마음속에서 찾아야 한다. 덕조스님의 말씀에 "구하는 바 있으면 모두 괴롭고, 구하는 바 없으면 즐겁다. 구함이 있는 것은 다 고통이 따른다. 눈에 보이고 귀에 들리는 데 집착하지 않고 구하는 행위를 멈춘다면 고통은 없다."라고 했다. 이것이 우리 모두 자기가 짊어지고 나가야 할 괴로움과 고통을 벗어나는 길임을 명시한 것이다.

힘들거나 슬픈 일이 생기면 그 당시에는 참아 내기 힘들지만 '인생무상 새옹지마'란 말 같이 사람의 삶이 한결같지 않게 희로애락이 수없이 반복되며 어떤 일이든 '세월이 약'이라는 말대로 세월이 지나가면 다 잊혀지고 '추억 아닌 추억'으로 남게 된다. 만사유시(萬事有時), 즉 세상은 다 때가 있게 마련이다.

그때는 언젠가 올 것이며 모든 게 지나가게 되어 있다.

해서 마음만은 항상 구합(九合)은 모자라고 십합(十合)은 넘친다는 옛 속담과 같이 반 정도의 복에 만족할 줄 알고 모자란 듯 적은 것에 만족하며 평범하게 살아가야 한다.

세월을 기다리며 순간순간 이겨내기가 힘들지만 그 세월 또한 금세 지나가느니 인생을 보다 길고 넓게 보는 것이 자신의 마음을 편하게 이어가는 길임을 항상 염두에 두어야 한다.

만질 수 있는 행복

우리가 살아가면서 가끔 생각해 보는 단어가 있다. 한자로 다행(多幸) 즉, 다행한 복(福), 복은 바로 아주 좋은 운수를 뜻하며 결국 행복 속에 운수라는 말도 포함되어 있다. 생활에서 충분한 만족과 기쁨을 느끼며 흐뭇함 또는 그러한 상태를 행복이라 한다. 여기서 기쁨은 우리가 칭찬을 받을 때, 게임에서 이겼을 때, 기대하든 일이 성취되었을 때, 면접을 잘 봤을 때 등등의 상황에서 느끼는 짧은 일시적 감정을 말함이다.

우리가 길을 가다가도 길섶의 클로버를 보면 은연중에 네잎클로버를 찾게 된다. 이는 네잎클로버의 꽃말이 행운이라는 뜻으로 통용되기 때문이다.

예전에 나폴레옹이 길을 가다가 네잎클로버를 발견하고는 그것을 따려고 고개를 숙이는 순간 총알이 피해갔다는 행운의 에피소드도 있다.

수많은 나날 속에서 우리는 행복을 찾으려고 노력하며 시간을 보내고 있다. 행운의 네잎클로버를 찾는 심정으로 우리가 매시간 살아가는 일상의 조그마한 행복일지라도 감사하며 살다 보면 언젠가는 행운이 따라올 것이다. 아름다운 눈이 있어 감사하고, 아름다운 새소리를 들을 수 있는 귀가 있어 감사하고, 기델 수 있는 가족이 있어 감사하고, 대화할 친구가 있어 감사하는 등 즐거운 순간들이 우리가 가진 현재의 다행스러운 일상들이다.

행복이란 스스로 찾기 나름이다. 얼마든지 만들어 내고 크게 키워 낼 수 있는 것이 행복이다. 법정스님이 말씀하시기를 "행복은 다음에 이루어야 하는 목표가 아니라 지금 이 순간에 존재하는 것이다. 대부분의 사람은 행복을 추구하면서도 정작 이 순간의 행복을 놓치고 있는 것이다. 다 내려놓고 세상에 아름다움을 무심히 바라보는 시간을 가져야 그 안에서 행복의 싹이 튼다."라고 했다. 너무 조급하게 넘치는 행복만을 찾다가 결국 조그마한 행복조차 놓치고 만다는 의미일 것이다. 작은 만족에 기쁨이란 소스를 살짝 뿌려주면 이 모든 맛이 더욱 잘 어우러져서 정말 맛있고 깊은 맛이 나는 '삶의 행복'이라는 음식이 만들어진다.

손에 미치지 못하는 행복은 모두가 꿈에 지나지 않는다. 행복을 추구하는 것도 중요하지만 행복을 누릴 자격이 있는 사람이 되는 일이 더욱 중요하다.

행복한 사람은 남을 행복하게 해줄 수 있다. 남을 복되게 해주면 자기의 행복도 한층 더해진다. 참된 행복은 잘 정착하지 않는다. 행복은 좀처럼 발견되지도 않지만, 어느 곳에서나 존재한다. 행복은 돈으로도 살 수 없지만 언제든 구할 수 있다.

행복이란 우리 집의 마당에서 자라는 것이지 남의 정원에서 따오는 것은 아니다. 행복을 어리석은 사람은 멀리서 찾지만 슬기로운 사람은 자신의 발밑에서 키운다. 행복은 작은 새와 같이 정성 들여 붙들어 두면 오래도록 머문다. 될 수 있는 한 살짝~ 그리고 부드럽게-, 작은 새는 자기가 자유롭다고 느끼기만 하면 기꺼이 손안에 머물러 행복을 즐긴다.

모든 사람은 행복을 찾아 배회한다. 그러나 우리는 왕왕 우리가 찾아놓은 행복에게서 얼마나 많은 배신을 당해 왔던가. 인간은 행복을 고민하면서 살아간다. 길고 먼 여로에서 더듬고 찾고 헤매면서 말이다. 무의미한 주변에 마음을 두지 않고 오직 무엇인가 한 가지 일에 몰입하는 것도 자신에게 기쁨과 행복을 얻을 수 있고 고독의 한가운데에 숨겨진 기쁨과 행복을 캐낼 수도 있다.

그래서 고독감에 젖어 들면 음악가가 되고 시인이나 화가가 된다고 하지 않든가? 행복이란 가슴속에 사랑을 채움으로써 오는 것이고 신뢰와 희망으로부터도 오며 따뜻한 마음을 나누는 데서도 움이 튼다. 가난하고 불쌍한 이웃을 사랑하고 배려하고 헌신하며 봉사하는 마음의 기쁨에서도 행복은 찾아든다.

어떻게 사는 게 행복한 삶인지 그 가치의 척도에 따라 그 형태가 달라진다. 적게 가지고도 즐겁게 살기도 하고 많이 가지고 있으면서도 행복하지 못하게 사는 사람이 얼마든지 있다.

우리는 간소하고 질박한 삶의 모습에서 절제된 아름다움의 향기를 머리가 아닌 가슴으로 받아들일 수 있다면 진실한 행복을 즐거움으로 승화시킬 수 있다.

행복은 일상의 삶 속에서 존재한다. 그것은 바로 발견하는 자에게만 존재하는 것이다. 개똥밭에 이슬 내릴 때가 있듯이 아무리 천하고 가난한 사람일지라도 반드시 행운을 만나는 날이 온다. 행운은 여간해서는 계속해서 오지 않는다. 행복은 눈에 보이지 않지만 누구든 희망을 잃고 갈망할 때 비로소 아무도 모르게 슬며시 찾아 든다. 행운은 산울림과 같다. 하지만 당신에게 대답을 하면서 찾아오지는 않는다. 자기의 처지와 분수를 알고 지키며 그것을 사랑하는 자에게만 울림을 준다. 그러고 보면 행복이란 비애의 강물 바닥에 가라앉아서 희미하게 빛나는 사금파리 같은 존재가 아닐까?

원하는 행복을 가까이 두고 만져보고 싶다면 언제든지 자기 삶의 보람을 찾기 위해 부단히 노력하며 그 과정 자체를 소중히 여겨야 한다. 그러면 이리 갈까 저리 갈까 망설이던 행복도 반드시 그대를 향해 기쁨의 날개를 달고 찾아 줄 것이다. 앞날을 향해 노력하고 참고 견디는 자에게는 반드시 행복은 사랑으로 다가올 것이다.

진솔한 삶의 뜻

삶은 '살다'에 접미사 'ㅁ'이 붙어서 이루어진 글자로 살아있는 것을 의미한다. 사람의 삶을 특히 인생이라 부르며 단 한 번뿐이기 때문에 일생이라고도 한다. 구약성서에 '사람은 한낱 숨결에 지나지 않는 것, 한평생이래야 지나가는 그림이다'란 구절이 있다.

이는 잠시 머무를 틈도 없이 세월 따라왔다 떠나는 짧은 인생을 그린 시편이다. 그래서 노발리스는 단편에서 "삶은 죽음의 출발이다. 삶은 죽음을 위해서 있다. 죽음은 종말이자 출발의 분리인 동시에 한층 밀접한 자기결합이다. 죽음에 의해서 환원은 완성된다."라고 서술한 것도 한번 태어난 삶은 당연히 죽음으로 돌아가는 것이 자연의 법칙임을 말한 것이다. 즉, 죽음은 삶을 완성하는 형태이며, 모든 것을 허망하게 버리는 무상함이다. 어떻든 사람은 언젠가는 늙어 죽음을 맞이할 수밖에 없다. 그런데도 인간은 주어진 삶의 시간이 영원하리라는 요지경의 착각 속에 빠져 있다.

김국환 가수가 부른 노랫말 중에 '타타타'란 가사가 있다. 세월이 가고 나이를 먹을수록 깨닫게 되는 것이 바로 '인생은 타타타'라 한다. '타타타'는 산스크리트어로 '본래 그런 것'이란 뜻인데 한자로는 여여(如如)라고 표기한다. '어찌하면 어떠하냐' 란 의미로 해석되는데 인생이란 본래 그런 것이니 '이런들 저런들 어떠하랴'라는 뜻이다. 이는 제 분수를 지키며 만족할 줄 알고 절제할 줄 아는 인간 본연의 순수함을 말함이다. 김국환 가수의 '타타타' 노래에 〈알몸으로 태어나 옷 한 벌 건진 것도 수지맞는 장사잖소〉란 표현은 아무것도 소유치 않고 홀연히 떠나는 인생을 말함인데 그렇지 못한 우리는 대부분 '타타타'가 아닌 남의 '탓탓탓'으로 살아가고 있음에 부끄러울 뿐이다.

사람들은 어려운 일이나 슬픈 일이 닥칠 때마다 '오~ 하필이면 나에게 이런 일이 왜 생기나?'라고, 남의 탓(부모 탓, 친구 탓, 상사 탓, 돈 탓 등)으로 돌리고 한탄과 원망으로 살아가기도 하고, 재물을 쌓다가 재물의 무게에 짓 눌려 압사당하거나 권력과 명예를 추구하다 벼랑에서 떨어지는 어리석음도 있으며, 환락을 추구하다 악의 향기에 도취 되어 제정신을 잃기도 한다.

반면에 풀잎에 맺힌 이슬같이 사라져가는 덧없는 하루살이 인생으로서 세상 진흙탕의 수렁에 빠져 허우적거리면서도 '개똥밭에 굴러도 이승이 좋다거나, 거꾸로 매달아도 사는 세상이 낫다'라는 마음으로 곤경을 헤쳐나가는 인내의 삶도 있으며, 비틀거려도 '아무 이유나 조건 없이 사는 지금이 좋다'는 낭만적이고 여유로운 삶도 있다. 그래서 인생은 바람이 부는 날은 바람으로, 비 오면 비에 젖어 살아가는 것을 당연시하며 어려움을 극복해가는 삶이 진실한 삶이 아닐까라는 생각이다.

아무리 고통스럽고 슬프고 가난에 찌들지라도 이를 악물고 아름다운 뜻을 즐거움으로 깨끗하게 다듬고자 노력하면 이루지 못할 이유가 없다.

잘 알려진 러시아 문학의 아버지인 알렉산드르 푸시킨이 발표한 〈삶이 그대를 속이더라도〉란 누구나 잘 알려진 유명한 시가 있다. 고통과 슬픔을 무릅쓰고 살아갈 수 있도록 모든 이들의 가슴속에 용기와 희망을 불어넣는 맛깔스러운 시다.

삶이 그대를 속이더라도

슬퍼하거나 노하지 말라
슬픔의 날을 참고 견디면
머지않아 기쁨의 날이 오리니
마음은 미래에 사는 것
현재는 슬픈 것
모든 것은 순간적인 것. 지나가는 것이니
그리고 지나가는 것은 훗날 소중하게 되리니

삶이 우리에게 슬픔과 고통을 안겨주더라도 담담하게 인내로 버텨가라는 당부의 시다. 현재의 삶이 순조롭지 않아 어려움이 있더라도 참고 견디면 내일은 반드시 생생한 희망의 기운이 용솟음칠 것이며, 마음먹기에 따라 삶의 음지가 양지로 바뀔 수 있다는 기회의 행운을 강조한 말이다. 이처럼 어둡고 비통한 삶의 처지에 놓였다 하더라도 스스로 마음을 다스림으로써 어떠한 난관의 고통도 벗어날 수 있다는 푸시킨의 긍정적 사고의 교훈은 두고두고 우리 가슴속에 영원히 살아 숨 쉴 것이다.

구름 같은 덧없는 인생으로 한 번 피었다 지는 꽃이니 어떠한 곤경이 가로막더라도 슬기롭게 인내로 버텨가는 정신은 진솔한 삶의 뜰을 거니는 우리의 값진 마음의 다짐인 것이다. 또한 누가 무어라 해도 되돌릴 수 없는 순간들 앞에서 묵묵히 최선을 다해 떳떳하게 걸어가는 삶이 후회 없는 생의 행복일 것이다. 인생은 실패할 때 끝나는 것이 아니라 포기할 때 끝나는 것이다. 모든 고초와 고통을 운명으로 받아들이고 중단 없는 전진으로 매진할 때 모든 난관의 벽을 수월하게 무너뜨릴 수 있다. 베르길리우스는 "운명의 여신은 용기 있는 자를 돕는다"라 했다.

이 세상 누구도 자기의 운명을 바꿀 수는 없다. 운명보다 강한 것이 있다면 그것은 동요하지 않고 운명을 짊어지고 갈 담대한 용기이다. 인내와 용기의 수레바퀴를 끌고 난관의 터널을 지나고 나면 반드시 환희로 고동치는 가슴의 즐거움이 웃어 줄 것이다. 무엇보다 지나친 욕심, 증오와 좌절을 벗어버리고 미래를 향한 마음의 문을 활짝 열어 갈 때 용기와 열정이 나를 반겨 줄 것이다. 그러고 나면 '하늘은 스스로 돕는 자를 돕는다'라 했듯이 행운도 진솔한 삶의 뜰을 거니는 우리에게 파란 하늘을 향해 마음껏 나를 수 있도록 용기와 희망의 날개를 달아 줄 것이다.

후회 없는 삶

아마도 이 세상에서 후회 없이 살아가는 사람은 별로 없을 것이다. 다만 누구든 후회 없이 살아가기 위해 오늘도 부단히 자신을 다스리며 안간힘을 쓸 뿐이다. 예측하기 어려운 불확실한 삶 속에서 내일을 기대하기보다는 오늘의 한순간 한순간을 소중히 여기며 자기가 원하는 일들을 해나가는 것이 후회 없는 삶이 아닐까? 그래서 벤자민 프랭클린은 "오늘의 할 일을 내일로 미루지 말라"란 말을 했을 것이다.

꽃 화분에 물 주려다 보니 꽃은 이미 시들어 버렸고, 내일 부모님을 뵙고자 했으나 이미 돌아가신 뒤였으니 후회한들 무슨 소용이 있겠는가. 격언으로 '죽은 후에 의사 구하기, 소 잃고 외양간 고치기, 도둑맞고 빈지문 고치기, 엎지른 물'과 같은 말들은 모두 오늘 할 일을 내일로 미루다가 저지른 후회의 산물들이다. 해야 할 일을 하루하루 미뤄오다가 흘러온 세월에 이르러서야 비로소 깨닫게 된 후회는 우리에게 어처구니없는 비탄과 절망을 안겨 준다.

그러나 톨스토이가 "후회해 보아야 소용이 없다는 말이 있지만 후회한다고 이미 늦은 것은 아니다."라고 한 말은 '한 번 실수는 병가(兵家)의 상사(常事)'라는 우리의 격언과도 일맥상통하는 말이다. 이는 한 번의 실수는 누구에게나 다 있는 것이니 크게 탓할 것이 아니며 오히려 사는 동안 틀에 박힌 과오와 후회의 번뇌에서 벗어나 재충전의 기회로 삼아야 한다는 의미를 우리에게 일깨워 준 것이다. 그래서 모든 이들이 지난날 쓸데없이 구겨진 후회의 집착에서 빨리 벗어나 초연한 마음의 자세로 되돌아가야 할 것이다.

어쩔 수 없는 실수거나 오늘 할 일을 부득이한 일로 뒤로 미루어야 할 사안이라면 너그럽게 수용하는 것이 타당하나 반드시 해야 할 일을 의도적으로 안주하는 태도는 마땅히 엄하게 자신을 꾸짖고 다스려야 할 일이다. 그렇다고 할 일을 너무 서둘러서도 아니 되며 느긋하게 여유로운 마음으로 오늘의 몫을 해나갈 수 있다면 분명 즐거움이 넘치는 삶의 여운을 음미할 수 있을 것이다. '미련은 먼저 나고 슬기는 나중 난다'란 말이 있다. 이는 무슨 일이 잘못된 뒤에야 '이랬더라면 얼마나 좋았을까'란 잠재적 반성의 간절함이다. 그래서 다시 한번 생각하고 내딛는 도전적인 인내와 용기가 절대적으로 필요한 것이다.

잘못된 일을 언제까지 후회만 하고 있을 수는 없다. 그릇된 일이 있으면 신속히 회개하고 수정해가는 노력만이 후회로 입은 상처를 회복시키는 최선의 처방전이 될 것이다.

엄이도종(掩耳盜鐘)이란 사자성어가 있다. '귀를 막고 종을 훔친다'란 의미는 과오에 대한 충고와 비난 소리에 귀를 막고 있다가 또다시 후회를 자초하는 일이 있어서는 안 된다는 말이다. 남의 충고를 무시함으로써 오히려 원망과 갈등을 부추길 뿐만 아니라 자기의 후회를 보살필 용기마저 던져버리는 결과가 된다. 이 같은 행동들은 종국에는 갈피를 잡지 못 채 이어지는 만성적 후회는 몰라라 하고 또다시 남을 음해하고 속임수로 하는 척하는 소위 '눈 가리고 아웅'하는 식의 야비한 인간으로 전락되고 마는 것이다.

그러다 정말로 중요한 위기라도 직면하게 되면 의혹이 뒤따르게 되고 두려움과 망설임이 종잡을 수 없을 만큼 정신을 혼미스럽게 만든다. 그뿐이랴, 무슨 일이 있을 때마다 으레 두려움과 망설임이 발목을 잡고 결단을 끌어 내리려 한다. 이처럼 후회의 해소할 길을 방치한다면 앞날은 오직 절망뿐이다.

이때는 어떻게든 후회하고 절망만 하고 있을 때가 아니라 그 난관의 터널을 빠져나오기 위한 굳은 의지력과 결단력만이 고통을 구출할 수 있는 최선의 방법일 것이다. 그래서 그간 잘못된 과오로 누적된 후회의 벽을 과감히 허물어버리고 새로운 마음의 다리를 놓아야 한다. 다가올 곧은 양심의 배를 기다리지 말고 먼저 노를 저어 나가야 한다.

현명한 사람은 기회를 찾아 나서지 않고 기회를 스스로 만들어 낸다 했다. 그래서 풍요로운 삶을 더욱 알차고 품위 있게 만들어 갈 것이고 진정 과오의 단잠에서 깨어난 굳은 의지는 혹

시라도 또다시 피어날 후회의 불씨가 없는가를 되돌아 살필 파수꾼이 되어야 한다. 여기서 해결할 의지력과 얄궂은 후회가 맞닥뜨린다면 항상 해결할 의지력이 이긴다는 사실은 자명한 일이다. 이는 의지의 해결력이 강한 힘을 가지고 있기 때문이 아니라 디딤돌의 끈질긴 인내력이 상존해 있기 때문이다. 아무리 얄궂은 후회가 끈질긴 의지력을 약화시킨다 해도 굳건한 인내력만은 꺾을 수가 없음이다. 그러기에 언제든지 우리가 해결하고자 하는 의지와 후회의 틈바구니에 엉뚱한 과오가 다시 끼어들 공간이 없도록 항상 인내력으로 지켜보아야 할 일이다.

공자님도 매 순간을 소중히 여기고 즐기는 사람은 으뜸이라 하셨다. 후회 없는 순간순간의 삶의 가치를 소중히 여기며 행복을 누리는 것이 짭조름하게 해묵은 된장 맛의 인생이 아닐까?

매미들의 합창

"맴 맴, 찌~르르르…"

무더운 여름날이면 숲을 메아리치며 지칠 줄 모르고 옥타브를 높이는 매미들의 합창이 마치 경적을 울리는 듯 요란하다. 이때마다 생각나는 글귀가 있다.

> 매암이 맵다 울고 쓰르람이 쓰다 우네
> 산채(山菜)를 맵다는가, 박주(薄酒)를 쓰다는가
> 우리는 초야(草野)에 묻혔으니 맵고 쓴 줄 몰라라.

이는 조선조 영조 때의 가인(歌人) 이정진이 초야에 묻혀 지은 시조로 여름날 우는 매미가 음식이 맵거나 쓰다고 우는 것으로 해석해 한적한 시골의 삶을 읊은 노래다. 맵거나 쓰다고 해서 우는 것이 아니라 우는 매미들의 특성을 그대로 나타낸 표현인 성싶다. 이처럼 매미가 세상 밖으로 나와 극성스럽게 우는 이유는 다름 아닌 짝짓기를 위해서다.

수컷 매미는 암컷을 유인하기 위해 복부에 발달한 발음기관으로 소리를 내서 운다. 전에는 주로 낮에 활동했지만 최근 '신세대 매미'는 밤낮없이 앙칼지게 울어대며 구애를 즐긴다. 수컷 매미가 내는 소리는 믹서기 소음에 맞먹을 정도로 수십억 마리가 단체로 한꺼번에 울어대는 바람에 가히 공포영화를 방불케한다. 이렇게 여름철에 세상 밖으로 쏟아져 나온 매미는 모두가한 달 정도 달콤한 사랑을 나눈 후 자기의 생을 마감하는데 수컷은 암컷과 짝짓기를 한 뒤에, 암컷은 알을 낳고 죽는다고 한다. 암컷이 적당한 나뭇가지를 하나 선택한 후 가지에 작은 구멍을 만들어 그 속에 알을 낳으면 그 알은 몇 주 지나 애벌레로부화 되어 먹이를 찾아 땅속 40cm 정도까지 내려와 구멍을 파고 자리를 잡는다.

그곳에서 나무뿌리의 액을 빨아 먹으면서 6~7년 동안을 애벌레로 지내다가 다시 지상으로 올라와 등껍질을 벗어내고 성충(成蟲)이 되어 여름 한 철을 목청껏 울어댄다. 그러다가 가을에 선들바람이 일면 여름에 시끄럽게 굴던 것과는 달리 언제 그랬냐는 듯 지상에서 떠난다는 인사도 없이 사라져 버리는 단명의 곤충이다. 따라서 매미는 가을의 전령사라기보다는 성하(盛夏)의 예찬가라 함이 어울릴 것 같다. '매미'란 이름은 그 '맴맴' 우는 소리가 연유된 것이고, 쓰르라미는 '쓰르람 쓰르람'이라 우는 데서 그 이름이 연유된 것이다. 그래서 매미는 의성어 '맴맴'에 접미사 '이'가 결합하여 '매미'가 된 것이고, '쓰르라미'도 의성어 '쓰르람 쓰르람'에 접미사가 결합하여 '쓰르라미'라 부르게된 것이다.

매미는 전 세계에 3,000여 종이 분포되어 있는데 우리나라에는 18종이 있으며, 이 가운데 5종은 고유종이라 한다. 알려진 매미의 고유종으로는 '말매미, 왕매미, 참매미, 쓰르라미, 벙어리매미'와 같은 것이 있다. 애벌레에서 매미가 되기까지 얼마나 많은 세월을 고통 속에서 인내하며 버텨 온 그 생명력의 신비에 경탄을 금할 수 없다. '인내는 쓰나 그 열매는 달다'는 말이 여기에서 흘러나온 구절이 아닌가 싶기도 하다.

누가 말하기를 매미는 공기를 마시고, 이슬을 머금으니, 그 덕이 청량하여 오덕을 가진 곤충이라 했다. 즉, 머리에 얼룩얼룩한 무늬가 있으니 문〈文〉이고, 맑은 이슬을 마시니 청〈淸〉이며, 곡식을 먹지 아니하는 청렴함에 렴〈廉〉이고, 집을 짓고 살지 않는 검소함이니 검〈儉〉이며, 믿음으로 계절을 잘 지키니 신〈信〉이라 했다. 이처럼 매미는 오덕의 정신으로 세월의 역경을 이겨내면서도 지구상에서 누구를 탓하거나 원망하거나 해를 끼치지 않으며 오직 맑고 순수한 마음으로 목숨이 다할 때까지 애틋한 사랑의 노래만을 읊다가 조용히 떠나가는 그 절개를 무슨 말로 다 표현할 수 있으랴.

수년을 거쳐 잠깐 노래하기 위해 태어나 혼몽스럽게 방황하지도 않으며 오직 의무와 책임을 다하다 세상을 홀연히 떠나 사라져 버리는 까닭에 우리에게 생존의 비정함을 안겨주기도 한다. 조건이나 이유도 묻지 않으며 같은 시기에 하나가 울면 모두가 함께 울어버리는 그 단합된 의지는 시도 때도 없이 첨예한 대립을 일삼는 우리에게 경종을 울려주기도 한다. 그뿐인가. 언제까지나 순수하고 지혜로운 삶의 여유를 즐기며 자랑스럽게 살아가는 그들이기에 온갖 욕구불만과 시기와 모략과 갈등의 덩어리에서 부침(浮沈)하는 우리에게 부질없는 삶을 뒤돌아보게 한다.

아무리 생존경쟁에서 살아남기 위해 남을 능가해야 살 수 있는 세상이라 할지라도, 누구에게도 해를 끼치지 않으며 오직 자기 할 일만을 다 하고 떠나는 매미들의 사명감만을 우리가 본받아야 할 값진 교훈이다. 끝으로 필자는 삶의 의미와 사랑을 중요시하며 열정을 불사르는 매미들의 합창을 영원히 기억하며 열연하는 하모니 무대의 방청객으로서 끝없는 박수갈채를 보내고 싶다.

매화에 얽힌 이야기

매화의 꽃말은 고결한 마음, 기품, 결백, 인내의 상징이다. 매화는 모진 겨울 추위에도 아랑곳하지 않고 꽃을 피운다. 그 모습에 반해 옛 성현들은 불의에도 굴하지 아니한다 하여 선비의 굳건한 정신의 표상으로 삼아왔다. 그뿐인가. 매화의 아름다움에 빠진 사람들은 '인고를 이겨낸 듯 눈 속에서 꽃망울을 터뜨리는 청결한 여인이다. 또는 꽃대에 초롱초롱 매달린 은방울의 꽃은 가야금을 뜯는 궁중의 소저 같다'라는 극찬의 표현까지 서슴지 않았다.

그만큼 모두가 애칭으로 여긴 꽃이 매화다. 고운 자태와 그윽한 향기를 머금은 꽃이라 하여 옥매(玉梅)라고도 불렀으며 가장 먼저 봄을 알린다 하여 춘고초(春告草)라고도 했다.

그 외 또 다르게 알려진 설중매(雪中梅)라는 별명이 있는데, 이것 역시 눈 속에서 꽃을 피운다 하여 붙여진 애칭이다. 이처럼 많은 사람의 사랑을 받아 온 매화는 그 이름 자체에서도 뜻깊은 의미가 듬뿍 담겨져 있다. 매화(梅化)의 매(梅)자는 나무(木)+사람(人)+어미(母)로 결합 된 회의자(會意字)로서 이루어져 있어 어머니 나무라는 의미를 갖게 한다. 임신한 여성은 입덧을 하게 되는데 그때 신맛 나는 매실을 많이 찾는다. 그래서 매실을 찾게 되면 출산의 고통을 감내할 마음의 준비를 함께하기 때문에 어머니가 되는 나무라는 이름으로도 알려져 있다.

아마도 나무 중에서 매화처럼 인간에게 많은 이로움을 주고 인간으로부터 사랑을 듬뿍 받는 나무도 흔하지 않다. 매화는 새해가 되면 나무로서 가장 먼저 꽃망울을 터트려 봄소식을 전해주고 눈 속에서 꽃을 피워 그윽하고 은은한 향기를 안겨주는 것이 특징이다. 찬바람 눈보라에 시달리면서도 곧은 마음이 변하지 않는 절개와 불의와 타협하지 않는 선비의 정신을 품은 꽃이라 하여 매화를 4군자 중의 으뜸으로 여겨 왔다.

매화에는 세 가지 덕이 있는데, 엄동설한을 이겨낸 인고의 덕이 제1덕이요, 이른 봄 가장 먼저 꽃망울을 터트려 봄소식을 전해주는 덕이 제2덕이요, 우리 몸에 이로운 열매를 맺어 인류건강에 기여함이 제3덕이라 하였다. 이와 같이 선인들의 매화사랑은 유별나고 지극하여 생육신 김시습은 그의 호를 매월당(梅月堂)이라 하였고, 부안 출신 여류문인이자 기녀인 이계상은 그의 호를 매창(梅窓)이라 하는 등, 매(梅)자를 즐겨 사용하였다. 그뿐인가. 매화와 관련하여 유달리 휘파람새의 슬픈 사연이 전설로 전해오는 이야기가 더 흥미롭다.

옛날 어느 산골에 흙 그릇을 만들어 생활하는 청년이 있었는데 그와 청혼을 약속한 아리따운 처녀가 있었다. 그런데 혼인일

삼 일을 앞두고 그만 청혼녀가 병에 걸려 하늘나라로 가버렸다. 그래서 슬픔에 찬 청년은 청혼녀의 무덤가를 날이면 날마다 찾아가 슬피 울었다. 그러던 어느 날 무덤가에 매화나무 한 그루가 솟아나 자라고 있었다. 청년은 이것이 죽은 청혼녀의 넋이라 여겨 자기 집으로 옮겨다 심고 성심껏 보살펴 가꾸는 것을 낙으로 삼고 지내왔다.

이 매화나무가 그의 곁에서 무럭무럭 자라 아름답게 꽃피우기를 수십 년, 어느덧 청년도 백발의 노인으로 거동이 불편하여 바깥 출입을 못 하게 되었다. 얼마 후 노인이 보이지 않자 이웃사람들이 집을 찾아갔으나 방에는 아무도 없었고, 그가 앉아있던 자리에는 질그릇 하나만이 놓여 있었다. 수상히 여겨 질그릇 뚜껑을 열자 바로 그 속에서 한 마리의 휘파람새가 날아갔다는 슬픈 옛이야기가 전해지고 있다. 이는 아마도 한평생을 하루같이 청혼녀를 잊지 못해 눈물로 세월을 보냈던 애절한 노총각의 영혼이 휘파람새로 변하여 하늘로 날아간 것이 아니었을까.

여기에 또 한 가지, 해동가요(海東歌謠)에 명기 중의 명기인 매화라는 기녀의 애틋한 사랑의 시조가 잔잔한 물결처럼 전해지고 있어 문인들이 매화꽃에 대한 애정의 끈을 놓을 수가 없다.

매화 옛 등걸에 춘절(春節)이 돌아오니
옛 피던 가지에 피염즉도 하다마는

춘설(春雪)이 난분분(亂粉粉)하니 필동말동 하여라

이 시조는 '매화'라는 기녀가 유춘색이라는 사람이 평양감사로 부임해 매화와 가까이 지내다가 나중에 '춘설'이라는 기녀를 더 가까이하자 이를 원망하며 애절함을 읊은 글이다.

이 구절을 풀이해보면 '매화가 날이 가고 철이 바뀌어 겨울이 지나 봄이 오면 옛날에 피었던 나뭇가지에 다시 꽃이 피듯이 한동안 안 오던 정든 임이 올 듯도 하지만 때아닌 봄눈이 어지럽게 흩날리듯 세상이 어지러우니 못 오는 것이리라'는 내용이다. 이것은 늙은 매화가 임을 한탄하는 마음일까? 아니면 젊은 춘설이란 기녀에 대한 늙은 그녀의 안타까운 하소연일까?

아마도 이 글을 읽은 사람이라면 오지 않는 임을 애타게 기다리며 몹시 애달픔을 노래한 늙은 매화의 심정이었으리라.

그 외도 더 의미가 있는 것은 지금까지도 매화나무가 우리가 사용하고 있는 지폐 중에서 오만원권 뒷면에 그려져 있어 우리 생활과도 밀접한 관계가 있음을 증명해 주고 있다.

봄마다 형언할 수 없는 그윽한 향기와 아름다움으로 피어나는 매화꽃을 보고 있노라면 못내 그리워 애타게 기다리던 사랑의 여인을 만나고 싶은 충동을 느끼게 한다.

송도 오이 장수

송도는 고려시대의 수도로 지금의 황해도 개성의 옛 이름이다. 송도지방의 한 오이 장수가 어느 무더운 여름날, 오이를 잔뜩 사놓고 어디로 가서 팔아야 할지 망설이다가 서울의 오이값이 금값이라는 소식에 오이를 가득 싣고 서울로 갔는데, 그사이 오이값이 바닥으로 떨어져 몹시 당황하고 실망했다. 그때 누군가 의주의 오이값이 금값이라고 떠드는 바람에 재빨리 의주로 달려가 보니 그곳에서도 역시 오이값이 뚝 떨어져 버렸다. 오이 장수는 하는 수 없이 눈물을 머금고 오이를 싣고 송도로 다시 돌아올 수밖에 없었다. 그러는 동안 오이는 모두 곯아 썩어 버렸다.

이 이야기는 이익을 위해 이리저리 다니다가 결국 돈을 벌기는커녕 막심한 손해만 보고 돌아왔다는 오이 장수의 넋두리에서 유래된 속담이다. 이익을 더 많이 보려고 왔다 갔다 하다가 그만 기회를 놓쳐 헛수고만 하고 오히려 손해만 보게 된 사람을 일컫는 말이다. 지나친 욕심은 금물이다. 너무 이익에만 치우치지 말고 현재 위치에서 최선을 다하는 것만이 즐거움을 찾는 길이다. 그래서 과유불급(過猶不及)이란 사자성어까지 나온 것이 아닌가 싶기도 하다. 너무 지나침은 미치지 못하는 것만 못하다는 말이다.

송도 오이 장수 이야기도 '뱁새가 황새 따라가다 가랑이 찢어진다'는 말과 유사하다. 이는 자기의 처신이나 능력도 모르면서 남 하는 대로 쫓아가다가 이익은커녕 손해만 보았다는 말이다.

만족하면 더 만족하고 싶고 돈을 벌면 더 벌고 싶고, 일이 잘되면 더 잘되고 싶은 것이 사람의 무한정한 욕망이요 욕구다. 이러한 고집과 탐욕은 사람을 장님으로 만든다. 욕심에 눈이 멀면 이성조차 잃어버린다. 무엇이든지 한꺼번에 많이 쥐려는 자는 하나도 쥐지 못한다. 황금에 눈이 멀게 되면 물질에 대한 집착으로 그릇된 망상의 굴레에서 벗어나지 못하고 그 자리에서 맴돌게 된다.

허황한 꿈에 수많은 고통과 수업료를 지불하고도 결국 몰락의 길을 걷는다. 이렇듯 신중하지 못하고 서두는 사람은 무슨 일을 저지르거나 꼬드기는 유혹에 홀딱 빠져버리는 습성이 있어 어디서나 항상 손해를 보는 수가 많다. 물론 일득일실(一得一失)도 늘 따라다닌다. 아무리 유익한 일이라도 손해를 보는 것이 있기 마련이다. 하지만 사람들은 자기를 위해 이런 말을 충고해줘도 귀에 들어오지 않는다. 누가 그 길을 가지 말라고 말리면 오히려 "오이를 거꾸로 먹어도 제맛이 난다"라는 말로 억지를 부리기 일쑤다. 지금 자기가 무엇을 위해 어디로, 어떻게 가고 있는지조차 스스로 깨닫지 못하고 무슨 일을 행하다 보면 손실을 입는 것은 당연하다.

　신중히 따져보지도 않고 '남이 하니까 나도 한다'라는 식의 무분별한 행동은 위험하기 짝이 없는 행동으로 파멸을 자초하기 쉽다. 특히 현시대는 '여윳돈을 좀 마련해볼까. 가난을 조금이라도 면해 볼까, 종잣돈을 불려 부자가 되어볼까'라는 생각으로 무턱대고 투자(증권, 부동산)하는 허황된 말을 즐기는 사람들이 점점 늘어나고 있다는 데 더 심각성이 있다. 주식투자도 그렇지만 수백 가구의 아파트 청약에서 신중한 판단도 없이 남들이 장차 큰돈을 벌 수 있다는 허황된 말에 속아 돈의 살림 밑천까지 몽땅 한입에 털어 넣는 처사는 호랑이 굴에 몸을 던지는 격이나 다를 바가 없다.

　서민들은 모두가 장차 남 부럽지 않은 보금자리를 만들고 재산증식을 꾀하고자 하나 현실은 그렇게 녹록지 않다. 잘되면 큰 행운일지 모르나 잘못되면 작은 꿈이 일시에 망가져 버렸을 때 후회한 들 무슨 소용이 있겠냐마는 도려낸 마음의 깊은 상처는 누가 감당하며 어디에서 보상받을 수 있을까? 필자는 이 과오의 슬픈 인위적 사건들을 바라보며 차분히 눈을 감고 생각에 잠길 때가 많다.

　게다가 우리 주위에는 항상 살림 밑천이 약한 서민만을 노리는 얼굴 없는 사기꾼들, 오직 냄새만 맡고 무턱대고 낚아채는 두꺼비 같은 흉악범들, 요행을 위해 미리 거미줄을 쳐놓고 걸려

들기만을 기다리는 독거미 같은 범죄자들에게 쉽게 노출되는 일들이 비일비재하다. 얕은 강도 깊다고 여기며 건너야 한다. 사람은 누구나 방심하다 눈 깜짝할 사이에 손해를 당하는 수가 너무 많다.

"말(馬)을 도둑맞기 전에 마구간의 문을 보살펴라" "소 잃기 전에 외양간을 고쳐라"는 말이 예사롭게 들리지 않는다. 이해타산에 눈독 들이는 자들이 주위에 늘려있다는 현실을 묵과할 수 없지만 그만큼 주의력을 기울이지 않거나 잠시 눈 감으면 코 베어 갈 세상인 것은 분명하다. 잘살고 못사는 것은 자기 몫이라 하더라도 흔한 말로 '자기의 재복(財福)은 태어날 때부터 갖는다'고 한다. 그래서인지 어떤 사람은 좀 더 좋은 아파트에서 살아볼 심산으로 청약했는데 금방 가격이 올라 이익을 보는 사람이 있는가 하면, 틀림없이 아파트 가격이 상승하리라 예측하고 샀는데 그다음 날부터 별안간 가격이 하락하여 손실을 보는 사람이 있는 것을 보면 정말로 재복이 있기는 있는가 싶기도 하다. 하지만 모르면 몰라도 이런 일들은 아마도 곁에 끈질기게 따라붙는 과욕의 심한 장난에 불과한 것이리라. 이런 일에만 너무 집착하고 몰두하다 보면 사기꾼들에게 이용당하기 쉽다. 여하간 송도 오이 장수처럼 이익이 있는 곳이라면 무턱대고 뒤를 따르거나 쉽게 귀를 기울여서도 아니 되며 초심으로 돌아가 정해진 일에 최선을 다할 때만이 분명 하늘은 스스로 돕는 자를 도울 것이다.

아내 사랑은 내 사랑

　결혼한 남자라면 우리는 평소에 '아내'라는 말을 자주 사용하지만, 그 뜻을 한마디로 설명하기가 어려울 때가 있다. 해서 아내의 뜻이 무엇인지 자세히 살펴보기로 한다. 아내란 '결혼해서 한 남자의 짝이 된 여자'라는 의미로 순우리말의 한자로는 처(妻)다. 아내의 반대말은 '남편(男便)' 또는 '지아비'인데 이는 결혼해서 한 여자의 짝이 된 '남자'라는 뜻이다. '아내'라 함은 기혼 남자가 자신의 여성 배우자를 지칭할 때의 표현인데 그 어원은 '안(內)+애(사람이나 물건을 뜻하는 접미사)'로 '안사람'이라는 뜻이며 '바깥사람(남편)'에 대응하는 말이다.

　결혼한 여자가 그 남편과의 관계를 일컫는 말로 처, 남편이다. 보통 갓 결혼한 여자에게는 '신부'라는 말을 쓰며 아내라고 부르는 경우는 공식 석상이 아니면 별로 쓰지 않는다. 보통 자주 쓰는 표현으로 '안사람'이 있으며 속된 말로는 '여편네'가 있다. 남편이 아내를 부르는 호칭은 세대마다 다르나, 보통 20대 젊은 부부는 이름을 부르거나 '자기'라는 애칭을 쓰며, 30대 이상은 '여보' '당신'이 가장 보편적으로 쓰고, 자녀가 있다면 '○○엄마'라고 부르는 경우가 대부분이다. 우리의 전통적인 가족제도가 부계이고 남자 중심적인 성격을 띠고 있었기 때문에 아내는 항상 남편에 딸린 제이차적인 사람이거나 심지어는 예속적인 지위에 있는 사람으로 간주 되어 왔었다. 그러다가 남편과 아내 사이의 관계는 대등한 인간관계에 기초한 것이라기보다는 남편은 한 가정의 '주인'으로 아내는 그를 내조하는 '안사람' 또는 '집사람'으로 양자가 상호보완적인 관계로 이어왔다. 그러기에 남성에 비하여 여성의 지위가 어떻든, 실제로는 가정생활에서 남편이 아내에게 애정을 느끼고 소중히 여긴다는 것은 혼인 생활의 기본조건인 것이다.

해서 우리의 전통사회에서 사람들에 오르내린 속담 중에 아내를 칭송하는 남편의 행동과 태도를 그린 격언들이 전해 내려온다. 즉, 아내가 귀여우면 '처갓집 문설주도 귀엽다. 처갓집 쇠말뚝 보고도 절한다. 처갓집 지붕에 앉은 까마귀도 귀엽다, 개죽을 쒀줘도 맛있다. 처갓집 울타리까지도 예쁘다. 처갓집 호박꽃도 곱다' 등과 같이 보잘것없는 것이라도 모두 좋고 예쁘고 사랑스럽다는 말이다. 톨스토이의 문답에 "사람은 무엇으로 사나?. 사람은 사랑으로 산다."라 했다. 여기에서 특히 아내를 사랑하는 마음이면 열정적 메시지를 전하는 사랑의 신선한 여신인 것이다. 그만큼 서로를 좋아하는 부부간의 공간에 사랑이란 삶의 활력소가 즐거움을 채워준다는 의미이기도 하다. 부부로 맺은 '백년해로'라는 낭만적 사랑의 슬로건은 일심동체의 존재가치를 상승시키는 효과가 있다. 그래서 '너 나'라는 2인칭이 '부부'라는 1인칭으로 묶여질 때 삶의 향기인 진실한 애정의 보금자리는 아름다운 행복을 탄생시킨다. 그래서 언제든 기쁨을 같이하고 어려움을 함께 나누는 인생의 동반자가 되는 것이다.

물총새의 전설이 있다. 암수가 함께 넓은 바다 위를 날다가 지쳐버리면 암놈이 수놈 밑으로 들어가 등에 업고 나른다고 한다. 이는 미물에 불과한 새 일지라도 암놈이 수놈에 대한 지극한 내조의 희생정신으로 난관의 위기를 극복할 수 있는 강한 용기의 소산인 것이다. 이것은 어디까지나 받을 것을 기대하지 않으며 자기의 모든 것을 주려는 암놈의 진실한 사랑에서 비롯된 생존의 비장함이다.

우리 인간도 역시 아내의 남편에 대한 진실한 헌신적 내조는 그 무엇과도 바꿀 수 없는 애틋한 사랑의 보물인 것이다. 고로 아무리 목석같은 남편일지라도 '아내'란 참으로 고마운 존재이며 고귀하고 소중하며 가장 아름다운 사람이란 걸 느끼지 않을 수 없다.

'행복한 아내가 행복한 인생을 이룬다.'란 말이 있다. 그러기에 칸트는 '남편은 아내의 행복이 자기의 전부라는 것을 보여주어야 한다.'라 고 했으며 영국속담에 '좋은 아내를 갖는 것은 제2의 어머니를 갖는 것과 같다.'라 할 만큼 '아내'란 애틋한 천사의 입김 같은 존재다. 아내의 행복이 곧 나의 행복이고 아내를 사랑한다는 것은 결국 나를 사랑하는 것과 같다. 그래서 아름다운 인생의 동반자로서 누가 먼저라기보다 서로서로 "당신이 옆에 있어 줘서 정말 고맙고 행복하다."는 말을 자주 해 줘야 한다. 여기에 소요지족(少欲知足)이란 사자성어가 있다. 아무리 작은 배려와 적은 내조일지라도 만족할 줄 알아야 한다는 뜻이다. 즉 작은 것과 적은 것의 그윽함 속에는 따뜻함이 내재 된 사랑의 향기가 스며있다는 말이다. 둘도 없는 부부의 진실함이 '복진타락(福盡墮落)' 즉 '아내의 사랑이 내 사랑, 아내의 복이 내 복'으로 업그레이드된 보금자리면 천하에 부러울 것이 뭐가 있겠는가!

그럼에도 때에 따라서는 부러움을 시샘하는 불의의 피치 못할 상황이 벌어질 수 있다는 것도 유념해야 한다. 운명이 부부 간의 애틋한 사랑을 영원히 그냥 보고만 있지 않는다. 죽음으로 갈라놓거나 아니면 질병을 주어 슬픔을 안긴다. 이것은 우연의 발생이 아니라 자연의 순리다. 그러기에 노랫말 중에 '있을 때 잘해'라는 가사가 마음에 와닿는다. 여기서 바로 필자가 느낀 것은 세상에서 가장 사랑으로 엮은 부부간이라 하더라도 제 마음대로 되는 일은 아무것도 없다. 불가피한 운명의 장난에 슬픔과 좌절의 쓴맛을 눈물로 호소할 수밖에 없는 안타까움이 인생인 것이다.

아무리 부부간의 금실이 좋다는 평을 받고 살아도 운명은 이를 시새움이라도 하듯 그냥 내버려 두지 않는다. 실예로 어느 날 갑자기 필자의 아내에게 얄궂은 불치의 치매가 올가미를 씌워놓고 버틴 지도 어언 10년이란 세월이 흐른 것만 봐도 알 만 하다. 정당한 이유도 없이 우리 부부애를 억지로 떼어 놓으려는 운명의 저의가 무엇인지는 정확하게 알 수 없지만 평상시 나의 사랑에 대한 느슨한 무관심의 대가를 치르는 중이라 해도 할 말은 없다. 이제 후회한들 무슨 소용이 있겠냐마는 그저 지나온 내 사랑을 내 탓으로 돌릴 수밖에 없다. 물레방아처럼 돌아가는 세월은 되돌릴 수 없기에 필자가 살아있는 한 힘을 다하여 성심껏 보살피며 생전에 못다 한 마음의 빚을 기필코 갚고자 함은 지극히 지당하다. 필자는 어떠한 일이 있더라도 새벽을 기다리는 마음처럼 '아내·사랑은 내 사랑' 이 소망을 이루는 빛이기에 억세게 따라 붙는 회한에도 절대로 물러서지 않을 것이다. 그래야 훗날 천상에서 다시 만나 우리 둘만의 함박 꽃 웃음을 나눌 수 있는 기회요 선물이 되지 않겠는가!

원하건대 이제 살아생전에 인연을 맺은 우리 부부애의 진실한 사랑의 불꽃이 영원히 꺼지지 않기를 간절히 빌며 지금 당장이라도 라일락 향기 머금은 〈아내 사랑은 내 사랑〉이란 노랫말이 하늘에 닿을 때까지 목청껏 외쳐대고 싶다.

중심 잃은 팽이

지금도 겨울철이면 어린 시절에 올망졸망한 또래들과 함께 하루 종일 얼음판 위에서 팽이(원뿔 모양)치기에 푹 빠져 해 질 녘에야 귀가했던 아련한 옛 추억들이 새록새록 그리움으로 피어난다. 팽이란 지역에 따라 그 명칭이 각기 다르지만 주로 뺑이, 핑딩, 팽돌이, 도래 등으로 불렀다고 한다. 기록으로 미루어 볼 때 팽이치기는 삼국시대에 이미 널리 유행하였던 것으로 추측된다.

조선조 숙종 때의 저작한 역어유해(譯語類解)나 영조 때의 한청문감(漢淸文鑑)에도 이에 관한 기록이 있는데 이들 문헌에는 '핑이'로 기재되어 있다. 어떻든 팽이는 축(軸)을 중심으로 둥근 동체를 회전시키는 꼬마들의 놀이기구로 처음에는 도토리를 돌리는 장난에서부터 시작되었다고 한다. 저자의 어린 시절만 해도 놀이기구라고는 별로 없었던 때라 꼬맹이들에게는 팽이치기가 가장 즐거운 놀이 중의 놀이였다. 그 당시 꼬마들끼리 서로 자기의 팽이가 최고라며 우쭐대던 모습들이 눈에 선하다. 게다가 서로 간의 팽이에 대한 애착심과 시기심도 대단하여 비장의 무기인 승부욕을 뜨겁게 달궈내었다. 누가 팽이를 제일 예쁘게 잘 만들었느냐보다는 누가 가장 오래도록 돌이냐가 기 싸움의 승패가 좌우되었었다. 이기고 나면 세상에 자기밖에 없는 양 어쩔 줄 몰라 우쭐대던 개구쟁이들의 소박하고 순박한 모습이 지금 생각하면 귀엽고 자랑스러웠다. 그러기에 옛날 부모님들이 이심전심으로 자기의 어린 자식들이 팔팔한 팽이의 모습을 담도록 끈기 있고 튼튼하게 잘 자라주기를 바라는 마음에서 엄한 사랑의 회초리를 들었던 것이 아닌가 싶기도 하다.

그래서 어릴 적 부모님께 맞던 회초리를 못내 그리워하며 지은 황금찬 시인의 〈회초리〉란 시와 장민호 가수가 어머님의 애틋한 사랑의 그리움을 노래한 〈회초리〉가 등장하지 않았던가. 이는 어린 시절 부모님의 지극한 정성을 모르고 자랐던 철부지들이 뒤늦게 어른이 된 후에야 진정 부모님에 대한 애틋한 사랑을 머리가 아닌 아릿한 가슴으로 느낀 이유가 아니었을까.

이처럼 저자도 어린 시절 팽이에 대한 얽히고설킨 그리움들이 앙금처럼 가라앉았다가 황혼의 사색 길에서 구구절절하게 솟아오른 느낌이다. 팽이치기의 어린 시절을 지그시 눈을 감고 돌이켜 보면 당시 줄기차게 팽팽 돌아가던 팽이가 어느 순간에 힘을 잃고 비실거리다 모진 매를 맞고서야 돌아가는 모습이 비참하게 살아가는 사람들을 연상케 한다. 이는 저자가 팽이를 볼 때마다 학창 시절에 꿈을 이루고자 거칠고 가혹했던 삶의 현장에서 채찍을 맞듯 뼈아팠던 고통의 지난날들이 구름처럼 밀려들곤 해서다.

지금 이 순간에도 예전에 저자가 가난에 사무쳤던 고통처럼 수많은 사람들이 각박하고 녹록지 않은 생계를 위해 혼신의 노력에도 불구하고 팍팍한 삶의 무거운 짐을 내려놓지 못하고 허덕이는 얄궂은 운명의 팽이처럼 애만 끓이고 있을지도 모를 일이다. 엎친 데 덮친 격으로 이를 기회로 빌붙어 먹는 기생충 같은 게름뱅이나, 편한 삶의 무늬만 바꾼 볼썽사나운 카멜레온족, 안락만을 위해 부모에게 기대려는 캥거루족, 염치도 없는 파렴치한 사기꾼들이 설치고 있어 삶의 의혹마저 꺾어버리고 있다. 그뿐이랴. 안주할 곳만 찾아 헤매는 꼴불견들이 마치 맥없이 늘어진 팽이처럼 일어날 용기마저 잃은 채 누가 자기를 일의켜 주기만 바라고 있으니 한심하기 짝이 없다.

그런 못난이들이 모진 채찍을 맞고도 움직이지 않는 팽이를 본다면 어떤 생각을 가질까? 지금 중심 잃은 팽이 상태로 허공만 멍하니 쳐다만 볼 것인가 아니면 새의 깃을 달고 창공을 훨훨 날아 너른 세상에서 나의 꿈을 멋지게 활짝 펼쳐 볼 것인가를 선택하라! 지금이라도 자기가 코리타분하고 우유부단한 안주의 탈을 쓴 인간이라 생각되거든 그 탈을 벗어 던지고 뼈를 깎는 심정으로 과오를 속죄하며 참된 길을 걸어 나가야 할 것이다. 결코 처연하게 쓰러진 팽이를 닮은 방랑객처럼 갈길 몰라 어정거려서는 절대로 아니 된다. 당당하게 주어진 현실에 순응하며 얽히고설킨 지난 과오를 탈출하여 의연하게 참된 삶을 대처해 가는 자만이 군자의 도리를 다하는 것이다.

평시 팽이나 바람개비처럼 돌다가 지쳐 넘어진 김에 쉬어간다는 허황된 망상은 이제 내던지고 오직 초연(超然)하게 다가올 미래의 값진 행운을 기다리며 감칠 맛 나는 사랑의 행복을 맛볼 때가 되지 않았는가.

달팽이의 심성

달팽이는 나선형의 껍질을 지고 다니며, 암수 한 몸으로 알을 낳는 연체동물로서 머리에 두 개의 촉각이 있고, 그 끝에 눈이 있으며, 여름철 습기가 많을 때나 밤에 나무에 올라 이끼, 세균, 어린잎 따위를 먹고 살아간다. 우리나라에는 배꼽 달팽이, 왼돌이 달팽이, 참 달팽이, 각시 달팽이 등 35여 종이 있는 것으로 알려져 있다. 심성이 급하거나 바쁜 것도 없을뿐더러 가는 세월도 탓하지 않으며 어떤 저주나 하소연은 물론 슬픔까지도 모른 채 주위의 여건만 맞으면 그저 순종하며 쉬고 싶으면 멈추고 가고 싶으면 움직이는 그야말로 세상에서 두려움조차도 무딘 자연 그대로의 순수성을 지닌 생명체다.

그래서 독일에서는 어린애들의 불안정한 정서를 해소하기 위하여 달팽이를 키운다고 한다. 그 이유로는 아마도 달팽이의 고운 심성이 변하지 않는 마음의 상징처럼 천성이 때 묻지 않은 순수함과 그 자체의 느릿느릿한 여유로움이며 보들보들한 더듬이 감성이 마치 천진난만한 어린애의 심성(心性)을 닮았기 때문일 것이다. 너무 느리기 때문에 유럽 중세에서는 달팽이를 태만의 근원이라고 여겨 죄인에 비유하기도 했고, 심리학자 융은 꿈에 나타나는 달팽이를 본인 자신의 투영이라고 해석하고 맹목적이며 무감각한 생물이라는 인상을 주기 때문에 생(生)과 사(死)의 경계의 상징으로 보기도 했다.

사자성어에 와각지쟁(蝸角之爭)이란 말이 있다. 달팽이 뿔 위의 촉(觸)과 만(蠻) 두 나라가 영토를 두고 다투었다는 뜻으로서 지극히 작은 것을 두고 다툰다는 의미로 풀이된다. 이는 '나무만 보고 숲을 보지 못한다'는 구절과도 일맥상통하며 세상이 좁다는 것을 비유한 와우각상(蝸牛角上)과도 같은 동의어로 쓰인다.

다시 말해 어떤 사물을 볼 때 전체를 보지 못하고 어느 일부분만 보는 시야가 좁은 상황을 뜻하는 말이다. 즉, 담대한 마음으로 시야를 보다 넓게 보며 인간다운 삶을 뜻 있게 누리라는 메시지일 것이다.

그러기에 언제부터인가 교훈이 될 만한 달팽이의 속어와 속담들이 암암리에 전해 내려오고 있음이 아닐까? 즉, 좀처럼 말을 하지 않으려 입을 열지 않으면 '달팽이 뚜껑 덮는다'라든지, 도저히 할 수 없는 불가능한 일로 '달팽이가 바다를 건너거나 산을 넘는 것을 막지 못한다'느니, 핀잔을 맞거나 겁이 날 때 움찔하고 기운을 펴지 못할 때, '달팽이 눈이 되었다'라는 등 은근과 끈기를 이르는 말로 '제비는 비록 탑에 올라가지 못할지라도 달팽이는 끝내 기어 올라가고야 만다'라든지, 누가 건드릴 때 '달팽이도 밟아야 꿈틀한다' 는 등등의 낯설지 않은 구절들이 우리 곁을 떠나지 않고 맴돌고 있다.

이처럼 달팽이가 미물에 불과한 작은 생명체일지라도 친근감으로 다가서는 진실함이 우리의 흩뜨리는 마음을 붙잡아 두고 있다. 가끔 기어가는 달팽이를 곁에서 가만히 보고 있노라면 은연중에 '빨리빨리' 내닫는 나의 조급증에 '한 박자 쉬어가라' 엄중한 경고의 말을 잊지 않는다. '아무리 바쁘더라도 바늘허리 매어 못 쓴다'란 옛말처럼 무슨 일이든지 번갯불에 콩 볶듯 성급하게 서둘러서는 성사되기 어렵다. 평소 달팽이처럼 쓸데없는 일에 경솔하지 않으며 느긋하게 자기 할 일만을 성심껏 해나가는 자세가 중요하다. 세상만사 빠르게 먼저 가는 사람이 이기는 것이 아니라 느리더라도 목표를 향해 정도(正道)를 걷는 사람이 아름다운 최후의 승자인 것이다.

마라톤 선수에게 승리를 향한 제일 무기는 오직 빨리 달려서가 아니라 서서히 힘을 알맞게 축적하며 끈기 있게 결승점을 향해 내닫는 인내만이 최대의 승부다. 소망하는 일에 열정을 쏟되 너무 지나친 욕구와 욕망은 일을 그르치게 한다. 그렇다고 할 일을 너무 미루거나 느슨하게 행하라는 말은 결코 아니며, 무슨 일을 할 때 덮어놓고 서두르지 말고 차근차근하게 돌다리를 두들겨 건너는 심정으로 세심한 주의를 기울여 나가야 한다. 인생행로에서 때로는 불행하게도 모진 고난과 풍파로 생사의 갈림길에서 헤매거나 일이 뜻대로 되지 않아 괴로움을 당하는 상황에서 무턱대고 서두른다고 해결될 문제도 아니다. 여기에는 빠르게 할 사안이 있고 늦춰야 할 사안이 있는 법이다.

평소 누가 뭐라 해도 인내와 끈기를 움켜쥐고 역경을 벗어나기 위한 용기와 담력을 키워가야 한다. '하늘은 스스로 돕는 자를 돕는다'라 했다. 이럴 때일수록 중단하고 싶은 유혹일랑 냉정히 뿌리치고, 순수한 달팽이의 심성(心性)으로 좀 느리더라도 늠름하고 여유로운 마음으로 난관의 벽을 뚫고 나가려는 절대적 용기가 필요하다. 아울러 자만심이나 실수에 따른 실패작이 있을지라도 여기에 연연하지 말며 오직 내다보이는 찬란한 빛만을 향해 힘찬 발걸음을 내디딘다면 소망의 라일락 향기 머금은 해탈의 문은 반드시 활짝 열릴 것이다.

마음을 내려놓으면 편하다

누구든 남들보다 많은 것을 지니거나 명예를 가지면 행복스러워 보인다. 이는 당연한 인간의 심리요 만족의 소치다. 그런데 문제는 여기에 한 번 몰입되면 더 많이 가지고 싶고 더 좋은 것을 바라는 게 인간의 일반적인 끝없는 욕망이며 욕구다. 무엇이든 소유하고 싶고 바라는 욕구가 크면 클수록 더욱더 엄중히 다스리라는 법정스님의 충고의 말씀이 생각난다. 사람은 빈손으로 왔다가 언젠가는 육신마저 버리고 홀연히 떠나가는 나그네이기에 과분한 소유와 욕망에 연연하지 말라는 법정스님의 당부이기도 하다.

즉, 욕구불만 없이 아무것도 갖지 않은 홀가분한 마음일 때 비로소 진실한 세상의 삶을 음미할 수 있다는 뜻이다. 지나친 소유와 명예에 집착한다는 것은 결국 무엇인가에 코에 끼어 얽매인다는 뜻이기도 하다. 사람들은 소유나 명예가 만족스러울 때는 느긋해지지만 이것들에 불만을 해소하지 못할 때는 마음이 괜히 조급해지고 안달하게 된다.

운명처럼 살다 운명처럼 떠나는 것이 인생이거늘 어찌 지나친 소유와 명예에게 굴복한단 말인가? 하고자 하는 집착과 욕망의 강도에 따라 부질없는 마음은 구심점 잃은 팽이처럼 허공을 멋대로 맴돌게 된다. 그뿐인가. 무엇이든지 지나침은 도의와 양심을 내팽개친 채 자신의 이익만을 추구하는 욕구와 욕망을 부추긴다. 이 행동이 더 심하면 서로 헐뜯고 죽이고 중상모략하고 수단과 방법을 가리지 않고 남의 것을 쟁취하려는 부질없는 행동으로 결국 스스로를 바닥없는 나락으로 추락케 할 뿐만 아니라 더 나아가 고약한 사회악을 낳는 원인이 될 수도 있다. 아무리 소유와 명예의 욕구가 실타래처럼 복잡하게 엉킨 삶의 짐일지라도 마음을 평온하고 진솔하게 내려놓으면 후회스러운 흔적들이 고스란히 눈 녹듯 녹아내리게 된다.

알량한 양심 앞에 사랑을 베풀고 봉사하며 그렇게 살다 그렇게 가는 것이 인간답게 사는 도리가 아니겠는가? 이 의미를 마음속 깊이 되새긴다면 각박한 세상에 여유로운 미소의 꽃을 피우게 되고 심신에 활력을 불어넣어 즐거운 행복을 길어 올리게 된다. 그럼에도 왜 자꾸 사치품에 불과한 소유와 명예 따위가 무엇이건대 손아귀에 넣고 제멋대로 주무른단 말인가.

재물을 쌓다가 재물의 무게에 짓눌려 압사당하거나 환락과 명예만 추구하다 악의 향기에 도취되어 번민의 나락으로 빠져드느니, 차라리 오직 자기의 이상 실현을 위해 숱한 욕구와 욕망의 무거운 짐들일랑 몽땅 내려놓고 편히 지내는 쪽이 훨씬 홀가분한 마음일 것이다. 이런 마음은 하루아침에 이루어지는 것이 아니라 늘 끈질긴 인내와 냉정과 침착의 끈을 풀어놓고 이행하려는 노력이 있을 때만이 가능하다.

또한 한번 마음먹은 자기와의 약속은 어떠한 일이 있더라도 반드시 지킨다는 결연한 의지가 선행되어야 한다. 평소 물기 없는 고목처럼 메말라 느슨해진 생활에 새로운 활력을 불어넣고 항상 지난 일을 돌이켜 성찰할 줄 아는 사람만이 지닐 수 있는 산물이다. 여기에 더불어 삶의 가치와 무게를 어디에 두고 살아야 할 것인가를 함께 헤아려보며 고민하는 것도 자신의 삶을 풍요롭게 하는 방법일 것이다. 이를 살갑게 인도하는 것은 자신을 스스로 사랑하는 마음의 스승에서 좌우되는 것이다.

자기 삶에 대한 진정한 스승은 밖에 있는 것이 아니라 내 마음속에 항상 머물러 있는 것이다. 언제든 정당한 길로 인도하려는 자기 마음의 스승을 믿고 따르게 되면 거부감 없는 평온을 가져올 수 있다. 자기 마음의 스승을 곁에 두고 무슨 일이든 마음을 가볍게 내려놓으면 가슴속 깊은 곳에서 뜨겁게 일렁이는 진정한 무언의 외침을 들을 수 있어 옳은 행동으로 옮길 수 있다.

무엇이든지 잃어버리고 나서야 그것이 귀중함을 느끼게 되고 아픔을 겪고서야 조그만 행복들이 얼마나 귀중한지를 비로소 깨닫게 되는 것처럼, 어쩌다 본의 아니게 소유와 명예의 구렁텅이에 빠졌던 일을 후회와 반성으로 뼈저리게 느낄 때 모든 지내온 잘못을 세척해 낼 수 있다.

그러기에 가진 것 뒤에 잃어야 하는 아픔으로 몇 갑절의 깊은 불행의 상처를 입을 수 있음을 항상 염두에 두어야 한다. 물욕과 명예로 입은 상처는 그렇게 쉽사리 치유되지 않는다. 이로 인해 맞닥뜨린 씻지 못할 후회와 통렬한 아픔이 찾아들기 전에 물욕과 명예를 과감히 내쳐버리면 아무리 고집불통의 넋일지라도 감히 내 눈앞에서 얼쩡거리지는 못할 것이다.

버리고 간 양심

　양심이란 도덕적인 가치를 판단하여 옳고 그름, 선과 악을 깨달아 바르게 행하려는 의식이다. 양심이 약하면 내 삶의 자존감과 품위도 약해진다. 바른 양심을 보존함으로써 인생을 가장 사람다운 사람으로 살아갈 수 있다는 사실을 누구나 모르는 바는 아니나 선량한 양심을 지켜내기란 그리 쉬운 일이 아니다. 와일드는 '양심을 우리 속에 있는 가장 신선한 것입니다. 더는 양심을 비웃지 마세요'라 했고, 프랭클린은 "남의 죄악을 운운하기 전에 양심으로 하여 속을 들여다보라" 하였다.

　양심은 항상 마음속의 침묵이라는 형태로 조심성을 동반하기에 신선하고 순수함으로 이를 부정하거나 홀대해서도 아니되며 자기의 과오를 심도 있게 되돌아보고 살펴보아야 할 참된 가치인 것이다. 그래서 '양심을 얻으려면 자기 자신을 훈련하라'는 말이 있다. 양심은 자라는 것이 아니라 자기가 키워가는 것이다. 평소 틀에 박힌 삶의 굴레를 벗어나 진솔한 마음부터 다져야 하며, 정다운 상호관계와 조화로운 접촉을 통하여 가슴을 따뜻이 달궈내야 한다. 즉 양심이란 역지사지의 배려정신을 항상 가까이에 놓고, 자신의 삶을 뒤돌아보며 사람의 도리를 올바르게 그려가고 있는지를 스스로 되묻고 고쳐가려는 마음가짐이 중요한 것이다.

부앙무괴(俯仰無愧)란 말이 있다.

이는 하늘을 우러러보나 땅을 굽어봐도 내 행동거지에 부끄럼이 없음을 이르는 말이다. 타인에게 무엇인가 베풀고자 한다면 발걸음이 가볍더라도 빨리 걷지 않으며, 성급하면서도 기다릴 줄 알고, 자존심이 강하면서도 수줍을 줄 알며, 흐트러지려는 나를 붙잡아주려는 마음이면 배려를 먹고 자란 진정한 양심의 청초한 맛이 살아 있음을 보여주는 것이다. 인위적이 아닌 스스로 솟는 순수한 배려와 아량이 마음속 깊이 질펀하게 녹아있을 때 진정한 양심이 자리를 잡게 되는 것이다. 이는 누구에 의해 마지못해 자석에 끌리듯 행함이 아니라 반드시 자신이 스스로 하고자 올곧게 곰 삭인 양심과 배려가 조화와 균형을 이룰 때 동행이 가능한 것이다.

함께하는 양심과 배려는 우리가 태어나면서부터 마땅히 배우고 단련하여야 할 값진 윤리와 도덕이다. 왜냐하면, 이는 삶을 싣고 갈 양심과 배려의 수레바퀴가 한데 맞물려 돌아가야 할 참다운 상생과 공존이기 때문이다. 그러나 오늘날에 누가 뭐라 해도 '나는 나다'라는 외골수의 옹졸한 삶으로 그 약속을 파기해 버리려는 생활 태도는 옳은 도리가 아니다. 이렇듯 양심과 배려의 윤리적 조화의 벽은 가면 갈수록 만리장성을 쌓는 만큼이나 힘들고 어려워지고 있다. 이는 거짓의 정서적인 면이나, 고르지 못한 환경과 본래 타고난 천성하며, 이질적 설익은 존경과 사랑의 결핍은 물론, 각박하게 메마른 인정이 올바른 예의와 도덕심마저 무시함으로써 딜레마에 빠져 있기 때문이다. 대접받아야 할 존경과 예의와 사랑이 도처에 가랑잎처럼 함부로 나뒹굴게 되어 올바른 양심은 갈 곳 몰라 거리를 서성이게 되었다.

남이야 어떻든 오직 나만이 이 세상에 존재한다는 만연된 이기주의가 판치고 있어 건전한 양심의 뿌리조차 흔들리게 되었다. 성스러워야 할 상하 간의 존경과 예의는 고사하고 나라와 공중도덕이 무엇이며 부모 형제자매가, 친구가 무엇인지 모를 만큼 피폐 된 양심의 처절한 절규에 오늘도 먹먹해지는 가슴을 주체할 수가 없다.

그것뿐인가. 몰지각한 함몰된 인생으로서 저질러 놓은 타락의 함정이 여기저기서 입을 벌리고 있음에도 이를 눈치채지 못하고 퍼질러 앉아 흥청망청 술타령만 벌리는 못난 비양심적 주정뱅이들의 꼬락서니가 눈에 밟혀 우매하기 짝이 없다. 그러나 아무리 버리고 간 인간의 비양심적 행태일지라도 일말의 살아 숨쉬는 도덕적 윤리의 울림이나 의로운 삶의 향기가 간헐적으로 숨통을 틔우고 암울한 마음의 창을 닦아 낼 수 있어 그나마 다행인 셈이다.

우리가 더욱 바라는 것은 오직 가까이에서 안타깝게 주시하며 쓰러질 듯 이어 온 가녀린 양심이 조만간 아량과 배려의 손을 잡고 기쁜 소망을 노래하며 우리 곁으로 바싹 다가오리라는 믿음이다.

내면을 성찰하는 진실한 마음의 거울을 들여다보라. 그리하면 평시 아무리 비양심에 물든 마이동풍(馬耳東風)이고, 우이독경(牛耳讀經)의 녹슨 독종일지라도 마음의 거울에 비친 엄중한 화신(化身)의 가르침을 외면하지는 못할 것이다. 그대를 향해 "넌 지금 무엇을 하고 있는고? 지금 당장 일어나 폐허 된 비양심의 밭을 갈아엎고 그 자리에 아름다운 양심의 꽃씨를 뿌려라."라고 엄중한 경고를 내려주었을 것이다.

그런 의미에서 우리는 옛적부터 새벽이 오는 길목에서 양심을 먹고 자란 한민족이기에 이제 진정 양심의 밭에서 양심의 꽃씨를 뿌려 양심의 튼실한 열매가 맺도록 다 함께 양심을 응원해 보자.

아모르파티의 교훈

트롯 가수 김연자 씨가 출연하여 부르는 노래 중에 방청객들이 모두 흥에 겨워 엉덩이를 들썩이는 가요가 있다. 바로 노랫말 제목이 〈아모르파티〉라는 곡이다. 이 노래는 멜로디가 정말 감미로우면서도 매력적이어서 많은 관중이 무대를 지상낙원으로 착각할 정도로 즐긴다. 길거리 가다가도 이 노래가 흘러나오면 누구든 그 매력에 끌려 발걸음도 잠시 멈출 정도다. 마음을 파고드는 매력의 아모르파티의 뜻이 무엇이기에 이처럼 인기 폭발인가 궁금하여 찾아보았더니 사랑을 뜻하는 '아모르(Amor)'와 운명을 뜻한 '파티(Fati)'를 합성한 라틴어로서 '운명을 사랑한다'라는 의미도 있지만 '시간을 낭비하지 말고 오로지 자신을 믿고 열정적으로 현재에 충실하라'는 조언도 곁들이고 있다.

아모르파티는 독일 철학자 니체가 주장한 사상인데, 우리의 삶에서 일어나는 사건이나 상황을 운명으로 받아들여야 한다는 절대적 요구사항이다. 즉, 인간에게 필연적으로 다가오는 운명을 그대로 감수하는 것이 아니라 오히려 긍정적으로 받아들임으로써 인간 본래의 창조성을 성장시킬 수 있다고 보는 것이다. 따라서 자신의 운명을 거부하는 것이 아니라 자기 스스로 개척해 나가야 한다는 강한 의지를 표명한 이론이다. 살아가면서 생기는 좋은 일, 나쁜 일, 상심, 고통 등의 모든 것은 나를 찾기 위한 운명으로 받아들이고 그 운명 속에 녹아든 모든 일을 사랑으로 보듬어 주어야 한다는 것이다.

다시 말해 밀어닥친 환경과 고난, 어려움에 굴복하여 순응하는 것이 아니라 오히려 이 어려움을 긍정적이고 적극적인 의지로 헤쳐나가야 한다는 말이다. 즉 운명은 정해진 것이 아니라 개척하는 것, 그리고 나의 운명 자체를 사랑해야 하는 운명애(運命愛)의 의미를 중시한 것이다.

나 자신과 나의 삶을 사랑할 줄 알아야 우리 운명이 비록 고통스럽고 불합리할지라도 극복을 위한 자신의 의지를 자랑스럽게 여길 수 있다는 것이다.

'피할 수 없으면 즐겨라'는 말처럼 자신에게 일어나는 삶의 희로애락을 받아들이는 것부터 출발해야 자신의 삶을 개척해 나갈 수 있다는 이야기다. '내 수준은 이것밖에 안 돼. 내 주제에 맞게 살자!'와 같은 졸아진 소극적 운명관을 그대로 받아들여서는 아니 되며 어떻게 하면 지금의 어려운 난관을 극복하고 굳세게 헤쳐나갈 수 있는가를 마음속 깊이 색이고 다스려 나가야 한다는 것이다.

니체 사상과 비슷한 셰익스피어의 인생 조언 중에 "견디기 힘든 어려운 날에도 시간은 간다. 참고 인내하라. 결국 모든 고난은 지나가게 마련이다."란 말이 있다. 이는 의지를 가지고 참고 노력하면 반드시 좋은 날을 맞을 수 있다는 희망의 충언이다. 즉 곤경에 처한 경우에도 웅크림 없이 긍지와 꿋꿋한 정신을 갖고 있을 때 그 대가를 받을 수 있다는 조언이기도 하다. 끊임없는 변화의 흐름 속에서 아무리 헝클어진 삶의 실타래일지라도 실마리를 풀어가기 위해 떳떳하게 주어진 운명에 도전장을 내밀고 인내한다면 분명 그에 따른 알알이 맺힌 튼실한 열매는 결국 고풍스러움을 자랑하게 될 것이다.

이제 IMF 쓰나미의 회오리가 지나갔나 싶었는데 어느새 이 땅을 허락도 없이 제멋대로 침탈한 코로나19. 운명이란 명분으로 우리 곁에 더뎅이 붙어 온갖 천인공노할 만행을 저질렀다. 우리는 그 숨겨진 운명의 깃털을 날려 보내기 위해 얼마나 많은 날을 절규하며 울부짖어 왔던가? 무자비하고 가혹할 정도로 올가미를 씌운 코로나 녀석의 심술에 숫한 눈물과 시름과 아픔을 삼키며 우리의 한 많은 나날을 힘겹게 버텨왔다. 이는 결코 우리가 이를 수용하거나 굴복하지 않고 칠전팔기의 정신으로 당당하게 우뚝 일어선 인내의 결과이기도하다.

마라톤에 '데드포인트(dead point)'란 용어가 있다. 이는 전 코스를 완주하는 과정에서 너무 힘들어 포기해 버릴까 하는 시점을 말함인데 이 시점을 통과하기만 하면 다시 힘이 생겨 종래의 목표점까지 골인할 수 있다는 것이다. 이처럼 우리도 주어진 삶의 운명을 덮어놓고 포기하거나 감수하지 않고 운명 속에 녹아든 곤경과 고통을 사랑으로 받아들여 끈기와 인내를 둘러메고 행복한 삶을 위해 해탈의 문을 끈질기게 두드려 그 목표에 도달한 것이다.

　이는 궁극적으로 오직 아모르파티의 교훈이 안겨준 아름다운 사랑의 선물로 튼실한 삶의 열매를 맺고자 함이었다. 이제 우리는 조만간 구름 뒤에 숨었던 태양도 다시 밝은 빛을 내려줄 것이고 갈매기 춤추는 순항의 내일도 함께 웃어 줄 것이기에 날개를 활짝 펴고 창공을 시원스럽게 훨훨 날아오를 시기를 맞은 것이다.

호박씨 까는 인간들

우리 속담에 "뒷구멍으로 호박씨 깐다"란 말이 있다. 이는 겉으로는 점잖고 의젓하나 남이 보지 않는 곳에서는 의외의 행동을 하는 경우를 비유적으로 이르는 말이다. 즉, 안 그런 척 내숭을 떤다는 뜻이다. '호박씨 깐다'는 어원을 옛날로 그슬러 올라가 본다. 매우 가난한 선비가 글공부에만 매달리고 살림은 오직 아내가 맡아서 꾸려나갔다. 굶기를 밥 먹듯 하면서도 이들 부부는 장래를 바라보며 가난을 이겨 나갔다. 그런데 어느 날 선비가 밖에 나갔다 들어오면서 아내가 무언가를 입에 넣으려다가 황급히 엉덩이 뒤쪽으로 감추는 것을 보았다. 선비는 아내가 자기도 모르는 사이 무엇인가 감춰두고 혼자 먹는다는 생각에 '엉덩이 뒤에 감춘 것이 무엇이냐?'고 추궁했다. 황당한 아내는 "호박씨가 떨어져 있기에 그것이라도 까먹으려고 입에 넣다 보니 빈 쭉정이었다"고 울먹이며 실토를 했다. 이 말을 듣고 난 선비는 자기 잘못을 탓하며 아무 말도 없이 아내를 껴안고 눈물을 흘렸다고 한다. 이때부터 남몰래 엉큼한 일을 한다는 의미를 '뒷구멍으로 호박씨 깐다'는 말로 전해오고 있다.

이 이야기 자체는 눈물겨운 사연을 담고 있으나 세월이 흐르는 동안 그 내용과는 다소 거리가 있고 엇갈린 부정적 의미가

있어 '겉으로 어리석은 체하면서 남몰래 엉큼한 짓을 한다'는 뜻
으로 쓰이게 되었다고 한다.

　　원래 호박씨 껍데기는 소화가 되지 않기 때문에 호박씨를 껍
질째 씹어 삼키면 알맹이는 소화가 되어도 껍질은 그대로 변에
섞여 나올 수밖에 없다.

　　'뒤로'라는 것은 바로 '항문'이라는 뜻과 같다. 항문을 다른
말로는 '뒷구멍'이라고 한다. 또한 변을 보는 일은 '뒤를 본다'
라고 한다. 뒤를 볼 때 변에 호박씨 껍질들이 섞여 나온다는 것
은 결국 호박씨를 누가 볼까 봐 황급히 껍질째 입안에 털어 넣
었다는 이야기다. 어쩌면 가난하지만 꼿꼿한 척하던 양반이 배
고픔을 참지 못해 서민들이나 먹는 호박씨를 몰래 황급히 입속
에 털어 넣는 모양을 마치 '뒤로 호박씨를 까는 행동'으로 본 것
이다.

　　그래서 흔히 겉으로는 얌전한 척, 착한 척하면서 뒤로는 사
리사욕을 채우거나 허튼수작을 일삼는 경우에 '뒤로 호박씨 깐
다'라고 하는 것이다.

　　있을 때는 친한 척하고 없는 데서는 험담으로 싸움을 붙이거
나 왕따를 시키는 불합리한 경우를 우리는 주위에서 자주 경험
하여왔다.

　　필자가 초등학교 어린 시절 때의 일이다. 같은 반 서너 너덧

명의 어리석은 녀석들이 선생님 앞에서는 나와 친한 척 알랑거리다가도 선생님만 떠나면 언제 그랬냐는 듯 잘못도 없는 나에게 다가와 몰매를 주었던 왕따의 현장이 지금도 나의 뇌리에서 악몽처럼 떠오른다.

현재까지도 학교마다 겉으로는 아무 일 없이 평온한듯하면서도 교내의 왕따와 폭력이 날개 돋치듯 난무하고 있음을 심히 우려스럽다. 더욱이 어린이들을 사랑하고 지도하는 선생님들까지도 보이지 않는 일부 골칫덩어리 학생들이나 학부모들로부터 폭언과 폭력에 시달리고 있다는 소식에 더욱 안타깝기 그지없고 어쩌다 이런 무질서한 교육 현장이 되었는지 그저 할 말을 잃을 수밖에 없다. 학교뿐만 아니라, 모든 현실이 아무리 살아남기 위한 생존경쟁의 시대라 하더라도 인정사정없이 '너 죽고 나 살자'는 식의 삭막한 오합지졸의 사회풍토가 결국 스스로 호박씨를 까는 환경으로 변모해 가고 있음이 슬플 따름이다.

여기에 '호박씨 깐다'는 야비하고 우스꽝스러운 말과는 달리 어떤 자극에도 아무 반응을 못 느낄 때를 '호박에다 침을 준다'거나, 심술 궂고 잔혹한 짓에 '호박에다 말뚝을 박는다'라는 말이 가끔 쓰이고 있다. 이는 아마도 뒷구멍으로 호박씨 까느니 차라리 정상적인 인간으로서 본 그대로 즉석에서 딱 잘라 말하거나 말뚝처럼 꼼짝 못 하게 말로 끝을 내는 편이 훨씬 낫다는 말일지도 모른다. 그만큼 '뒷구멍으로 호박씨 깐다'는 말이 유치하고 점잖지 못한 언어이기에 누구에게도 함부로 사용해서는 안 된다는 절대적 충고의 말이기도 하다. 그런데 한편으로는 세상에 못난 사람보다는 너무도 잘난 사람이 많으며 너나 할 것 없이 무조건 잘난 체해야 식성이 풀이고 출세하는 세상인지라 오죽하면 '뒤로 호박씨 깐다'는 듣기 거북한 말까지 생겨났을까 하는 생각마저 든다.

소위 오늘날 내 노라는 단체의 지식층이나 고위층, 정당의 정치인들은 모두가 애국자인 척, 국민을 위하는 척하지만 사실은 자기들의 만족과 인기에 여념이 없는 그야말로 호박씨 까는 주인공들이다.

"믿는 나무에 곰팡이 핀다"는 격언처럼 이런 세상에서 모든 선량한 국민은 어느 누굴 믿고 살아야 할지 원망의 쓴잔만 마시고 있다. 앞으로 호박씨 까는 지도자는 절대로 믿지 않을 것이며 따르지도 않을 것이다. 진정코 국가와 국민을 위해 다시 옷깃을 여미고 초심으로 돌아가 건실한 호박씨로 아름다운 호박꽃을 피워 갈 지도자라면 우리 국민은 언제든 쌍수 들어 대환영할 것이다.

청바지 입은 꼰대

어느 때부턴가 어른들은 물론 학생들까지 모이면 서슴없이 꼰대라는 말을 자주 사용하는데, 그때마다 어쩐지 듣기가 퍽 거북해진다. 왜냐하면, 이는 뒷방노인들을 빗대서 하는 말로 들리기 때문이다. 옛부터 어른에 대한 예의를 존중하며 살아온 우리로서는 이 말들이 귀에 거슬릴 수밖에 없다. 이러다간 오랫동안 다져 온 인의예지(仁義禮智) 사상이 영원히 사라지는 것은 아닌지 무척 걱정스럽다.

도대체 이 꼰대라는 막말이 어디서 왔으며 어원의 의미는 무엇인가를 그냥 지나쳐 버리기엔 뭔가 마음이 내키지 않는다. 그래서 국립국어원 표준국어대사전과 기타 관련 서적들을 살펴보니 역시 꼰대란 우리 상식의 은어대로 '늙은이'를 이르는 말이자 학생들의 '선생님'을 뜻하는 말이라고 정의하고 있다. 헌데 그중에서도 '청바지 입은 꼰대'란 구절이 유난히 눈에 밟힌다. 해서 살펴본즉 기존의 뒤떨어진 조직문화를 벗어나려고 성급히 혁신만 주장하다 보니 정작 본인이 입은 청바지의 무늬만 바꿨지 달라진 것 없이 본래의 스타일은 여전히 고수하는 윗사람들을 일컫는 말이라 되어 있다. 다시 말해 최근에 기성세대인 직장 상사가 자신의 경험을 토대로 자기보다 지위가 낮거나 나이가 어린 사람에게 일방적으로 강요하는 이른바 꼰대에서 파생된 '꼰대질'을 하는 사람을 의미한다.

그러면 '꼰대'란 무엇일까?

'꼰대'란 연유인즉, 언젠가 이 꼰대라는 단어가 영국 BBC 방송을 통해 해외로도 알려진 바가 있다. 당시 BBC 페이스북 페이지에 '오늘의 단어 kkondae〈꼰대〉'에서 소개하면 '자신이 항상 옳다고 믿는 나이 많은 사람〈다른 사람은 늘 잘못됐다고 여김〉'이라 풀이했다. 꼰대의 어원에 대해서는 두 가지 어원이 전해진자. 첫 번째는 번데기의 영남 사투리인 '꼰대기'란 주장에서 번데기처럼 주름이 자글자글한 늙은이란 의미에서 '꼰대기'가 되었다는 설명이고, 두 번째는 프랑스어로 백작을 '콩테(comte)'라고 하는데, 이를 일본식으로 부르면 '꼰대'라는 주장이다.

일제 강점기 당시 이완용 등 친일파들은 백작, 자작과 같은 직위를 수여 받으면서 스스로를 '콩테'라 불렀는데, 이를 비웃는 사람들이 일본식 발음으로 '꼰대'라 불렀다고 한다. 즉 '이완용 꼰대'라고 부르는 것에서 '꼰대'라는 말이 시작되었고, 친일파들이 보여준 매국노와 같은 형태를 '꼰대짓'이란 언어로 전해져 왔다는 것이다. 이처럼 '꼰대'란 어원이나 형태의 발자취를 살펴보면 옛것을 연구하여 새 지식이나 도리를 찾아낸다는 온고지신(溫故知新)의 개념과는 다소 차이가 있다.

이는 신세대의 막말 유행어들이 우리가 쫓아가지 못할 정도로 빠르게 변해가고 있음이다. 즉, '꼰대, 꼰대질, 꼰대 짓, 더 나아가 청바지 입은 꼰다' 등의 비하하는 언어들이 급진전해 가는 모습을 볼 때, 다음에는 무슨 막말의 언어들이 쏟아져 나올까 기대 반 우려 반이다. 특히 세계화 시대에 있어서 '청바지 입은 꼰대'란 기업의 성장 발전과정에서 혁신을 위한 노사 간의 이해관계와 갈등 속에서 윗선은 변하지 않으면서 유독 종사원들에게만 변하라는 갑질의 요구는 불평등에 대한 불만의 소지가 있어 기업 스스로 혁신해야 할 일이다.

상사나 윗선이라고 종사자들을 무시하는 시대는 이미 지나가 버린 것이다. 전문종사자들의 번쩍이는 아이디어와 기술 축적의 숙련으로 최고의 품질을 자랑하는 기업이라면 성장 발전에 기여하는 종사자들에게 최대의 우대를 아끼지 말아야 함은 당연한 일이다. 더 나아가 세계화에 동참하려면 기업의 경영진들은 종사원들이 마음껏 연구하고 맡은 임무를 성실히 수행할 수 있도록 격려와 아낌없는 위로와 찬사로 힘을 북돋아 주어야 한다.

종업원들이 경영진의 지혜로운 배려에 감사의 미소를 머금으며 화합된 분위기에서 그들 스스로 솔선수범하도록 선도하고 지원하는 체계가 주어져야 한다. 이는 현세에 기업에서만 적용되는 사안이 아니라 모든 사회 부문에서도 예외일 수 없다. 자기만이 옳고 남은 다 그르다는 인식 자체가 문제이며 자기는 꼼짝도 하지 않으면서 따라주지 않는 아랫사람만 나무라는 풍조는 반드시 고쳐야 할 병폐다.

자기는 잘난 것도 없으면서 잘난 체 거들먹거리거나 거짓을 밥 먹듯하며 내로남불만 부르짖는 자들은 모두가 전형적 '청바지 입은 꼰대들'이다. 이런 꼰대들은 아랫사람에게 존경받기는커녕 멸시당하여 쫓겨나지 않으면 다행이다. 그렇기에 경영진이나 윗선들은 과거의 자기를 그대로 묶어두지 말고 하루속히 마음의 빗장을 열고 '청바지 입은 꼰대'에서 차라리 '청바지를 벗은 꼰대'로 탈바꿈한다면 그날부터 인기 만점의 지도자로 추대받을 수도 있다.

'습관은 자기의 운명을 좌우한다' 했다. 좋은 것을 담으려면 먼저 그릇을 비워야 한다. 쥘 줄만 알고 펼 줄 모르는 습성은 오늘 바로 고치지 않으면 내일도 마냥 그 자리에 머물러 낙후될 수밖에 없다. 산다는 것은 끊임없는 변화의 흐름이다. 변하지 않으면 마치 비둘기들의 울타리 안에 잠깐 머문 한 마리의 까마귀처럼 동화되지 못하고 점점 배척당하게 된다. 아무튼 잘난 것도 크게 내세울 것도 없으면서 아랫사람만 꾸짖는 윗선들이 자기 갑질을 버리지 못한다면 '청바지 입은 꼰대'라는 막말은 언제나 그림자처럼 짓궂게 곁을 따라붙게 되어있다.

윗선들이 아랫사람들에게 벗어날 수 없는 따가운 눈총에다 손가락질까지 받게 된다면 하고자 하는 소기의 성과를 거두지 못할뿐더러 결국 건전한 공익체나 기업을 포기하는 것이나 다를 바가 없다. 꼰대도 좋은 꼰대가 있고, 어설픈 꼰대가 있다. 그중

청바지 입은 어설픈 꼰대는 아예 변하는 역군들의 근방에는 얼씬도 말아야 할 금지 구역이다.

집착의 끈

집착이란 마음에서 떨쳐버리지 못하고 깊이 새겨둠을 이르는 말이다. 흔히 할 수 없는 일에 너무 마음을 쓰다 보면 정말로 할 수 있는 일을 놓치기 쉽다. 뜨겁게 갈구하는 알찬 집착의 열매는 그냥 얻어지는 것이 아니라 평시 마음을 꾸준히 단련함으로써 값진 가치를 창출해 낼 수 있다. 그러기 위해서는 우선 무엇이든지 넘치도록 가득 채우려는 욕심에서 벗어나 어느 유혹에도 타협하지 않으며 스스로의 꿈과 실현을 맞닥뜨리기 위한 마음가짐이 필요하다.

여기에 쏟아붓고자 하는 열정의 정도에 따라 집착의 방향도 달라질 수 있다. 이는 자기 정리의 엄숙함이요 인생의 의미를 새롭게 다지는 계기가 될 수 있음이다. 평소 묻어 다니는 부질없는 욕구, 불만, 교만과 무지를 깨끗이 씻어내고자 결심과 결단을 내린다면 집착에 대한 열정의 순수성과 진실성은 배가 될 것이다.

앞으로 나가야 할 방향도 없이 무턱대고 쓸데없는 일에 골몰하다 보면 그릇된 망상에 사로잡혀 헛된 시간만 낭비할 뿐만 아니라 헤어날 수 없는 깊은 수렁에 빠져 허우적댈 수도 있다. 그뿐인가 무의식중에 무엇이든지 손아귀에 넣고 싶은 물질적 충동이나 쓸데없는 우월감에 사로잡혀 남을 멸시하거나 무시해 버리려는 습성이 증오와 갈등을 부추기고, 더 나가서는 부모의 재산을 넘보거나 남의 재물을 함부로 탈취하려는 근성이 상혼처럼 도사리고 있다가 얼토당토않은 집착의 실체를 드러낸다. 이런 유혹에서 벗어나고자 한다면 그간 오래도록 찌그러진 고정관념을 깨고 안락한 둥지로 비집고 들어오는 야망의 물욕과 위장된 진실을 과감히 파헤쳐버려야 한다.

한 가지 일만을 골똘히 생각하고 노심초사하여 끈질기게 이겨낼 때를 우리는 흔히 와신상담(臥薪嘗膽)이라 한다. 이는 반드시 이루고야 말겠다는 굳은 의지와 은근과 끈기를 아우르는 사자성어다. 사람마다 수없이 구겨질 때로 구겨진 과오를 끈질긴 선의의 집착으로 반듯이 펼 수만 있다면 분명 생동감 넘치는 인생을 맞이할 수 있을 것이다. 하지만 여기에도 반드시 유의할 점이 도사리고 있다. 어쩌다 한곳으로만 떨어지든 낙숫물이 바람에 여기저기 흩어져 떨어질 수도 있으며 응당 되어야 할 일이 성사되지 않아 허우적거리거나 밤거리를 잠재우던 가로등의 불빛이 갑자기 밀려드는 바람에 기둥이 휘청거릴 때도 있음을 항상 유의하여야 한다. 그러기에 고기잡이 어부가 미리 거물을 성심껏 다루듯이 언제든 발생할 수 있는 불확실성에 대비하며 불미스러운 집착으로 엉켜버린 매듭을 정성껏 풀어가려는 노력이 있어야 할 것이다. 불확실한 일을 너무 성급하게 서둘러서도 아니 되며 일의 순서가 있듯이 그때그때 맞춤 공간을 열정으로 채워가는 집착의 끈을 서서히 당겨야 한다.

우리는 언제든 빈손으로 와서 빈손으로 가는 인생이거늘 무엇이 그리 조급하다고 실패를 감수하며 헛된 집착을 서두를 것인가. 당겨야 할 때를 알고 늦추어야 할 때를 아는 게 현명한 집착인 것이다. 지나친 집착의 짐을 내려놓지 못하고 가속페달을 계속 밟아대면 과부하가 걸려 건전한 부속이라도 망가질 수도 있고 그렇다고 너무 느슨하게 밟으면 빈 공간에서 실속도 없이 시간만 낭비하는 꼴이 된다. 쓸모없는 집착에만 매달리다 보면 세월이 오가는 길목에서 바람 따라 떠도는 구름 같은 무의미한 인생을 맞을 수도 있다. 그러기에 타깃을 정 조준하여 집착의 화살을 정확히 날려야 한다. 가던 길 멈추고 뒤돌아보니 걸어온 길 모르듯 갈 길도 알 수 없는 희미한 안개 속의 집착은 거둬들여야 한다.

공부하기 싫은 어린아이에게 "공부하라, 공부하라" 하면 꼭 공부해 성공하겠다고 생각하는 어린이가 몇이나 될까? 어릴 적부터 운동이나 노래가 좋아 꼭 운동선수나 가수가 되고 싶은 아이에게 공부만 하라고 하면 과연 부모 마음대로 따라줄 수 있을까? 누구나 태어날 때부터 천성이 꼭 하고 싶은 열정과 고집이 있을 수 있다. 이렇듯 쏟아붓고 싶은 열정과 집착의 끈을 내려놓지 못하고 발버둥 치는 아이에게 "너는 아니 된다"고 무턱대고 반대만 하기보다는 장래가 희망적이고 꿈의 실현을 이룰 믿음과 의지만 확고하다면 차라리 아낌없는 격려와 응원이 올바른 집착의 방향이 아닐까?

그렇게만 되면 분명 작은 것에 만족하고 적은 것에 고마워하며 소망의 꿈을 키워나가는 힘찬 원동력이 될 것이다. 물속에 있으면서도 먹이에 목말라하는 물고기를 보고 그냥 지나쳐 버리는 이가 있다면 집착의 속삭임도 모르는 무지한 사람이다. 목마르기 전에 갈망하는 이에게 물을 주고 무엇인가 스스로 거센 물결을 헤쳐나갈 수 있도록 격려와 응원을 아끼지 않는 인자야말로 진정 엉킨 집착의 끈을 올바르게 풀어주는 해결사이며 안내자인 것이다.

오비이락(烏飛梨落)

　오비이락(烏飛梨落)은 우리나라에서 많이 쓰는 사자성어다. 이를 해석하면 까마귀 오〈烏〉, 날 비〈飛〉, 배나무 이〈梨〉, 떨어질 락〈落〉으로 까마귀 날자 배 떨어진다는 말이다. 즉, 까마귀가 배나무에 앉아 있다가 날아가려고 할 때 우연히 배가 떨어진다는 뜻이다. 까마귀는 배와 아무 상관도 없이 그냥 앉아 있다가 날아간 것인데 공교롭게도 그때 마침 배가 떨어지는 바람에 의심을 받는 것이다.

　이와 대동한 격언으로 '오이밭에서는 신발도 고쳐 신지 말라'고 했고, 오얏(자두)나무 아래서 갓을 고쳐 써도 안 된다' 했다. 이는 사람들이 훔치는 행동으로 착각하고 오해와 의심을 살 수 있다는 뜻이기 때문이다.

　이 오비이락(烏飛梨落)은 조선 인조 때 학자 홍만종이라는 사람이 쓴 『순오지』에서 유래 되었다고 한다. 그 내용인즉, 옛날에 까마귀 한 마리가 배나무 위에 앉아 까악 까악 울고 있었다. 바로 그때 배가 떨어졌고 지나가던 독사가 머리를 맞아 죽으면서 마지막 발악이라도 하듯 독을 뿜었고, 그 독에 의해 까마귀도 죽었다. 얼마 후, 까마귀는 암꿩으로, 뱀은 멧돼지로 환생했다. 이 멧돼지가 산에서 칡뿌리를 캐 먹는데 돌이 아래로 굴러떨어져 알을 품고 있던 꿩이 그 돌에 치어 죽었다. 치어 죽은 꿩이 이번에는 사냥꾼으로 환생, 멧돼지를 사냥하기 위해 활을 쏘려던 순간 마침 지나가던 지자대사가 이들의 악연을 알아채고는 사냥꾼에게 그 관계를 이야기해 주었다. 지자대사의 이야기를 들은 사냥꾼은 활을 버리고 살생하지 않겠다는 다짐을 하고 그 자리에서 중이 되었다는 일화가 전해 내려오고 있다.

　　우리가 세상을 살아가면서 이처럼 우연히 억울하게 닥친 일을 한 번쯤은 다 경험해 보았을 것이다. 어쩌다 나의 행동이 우연하게 갑자기 닥친 일에 연관이 돼서 의심과 오해를 받게 된다면 그만큼 억울한 일도 없을 것이다. 어쩌면 자기가 잘못도 없으면서 상대방에 대한 증오와 불신에 불을 질러 원수 아닌 원수가 돼 버리는 수도 있다.
　　보란 듯이 오비이락(烏飛梨洛)과 같은 가당치 않은 뜻밖의 일들이 우리 생활 주변에 떠날 줄 모르고 끈질기게 머물러 있는 것이 아닌가 싶기도 하다. 그래서 우리 개개인은 항상 의심이나 오해가 될 만한 행동을 하지 말아야 하며 뜻하지 않은 실수나 과오로 억울한 피해를 받을 수 있다는 생각을 갖지 않으면 아니 된다.

　　문제에 대한 이해를 돕기 위하여 의심과 오해받을 만한 타조에 관한 이야기를 나누고자 한다. 타조는 적이 가까이 오면 모래 속에 머리를 처박는다고 한다. 이는 땅으로 전해오는 소리를 듣고 주위 상황을 면밀히 살펴 행동하기 위함인데 이 같은 타조의 독특한 행동 때문에 사람들로부터 엉뚱한 의심과 오해를 받는다는 것이다. 사람들은 타조가 머리가 워낙 나빠서 모래 속에 처박은 채 몸을 숨긴다고 착각하고 있다. 그러나 우리 생각처럼 어리석게 앞가림도 못하는 새가 아니다. 한시도 마음 놓고 자기가 행동을 하지 않는 새다. 이처럼 인간도 하는 행동이 우연히 다른 사람들의 눈에 이상하게 비춰질 때 사기꾼이나 절도범으로 잘못 오인돼 억울하게 곤욕을 치를 때가 있다.

그뿐만이 아니다. 어쩌면 사람마다 자기는 그렇게 생각지 않고 조심하려 하는 행동이 다른 사람들에게 착각과 오해로 비쳐 범법자로 낙인이 찍힐 수도 있으며 예기치 않은 엉뚱한 사건들과 연계되어 평생토록 육체와 마음의 상처를 입거나 죄인이 아닌 죄인으로 살아갈 수도 있다. 의심과 오해와 착각에서 오는 예상하지 못한 사건 사고가 언제든지 우리를 자기네들의 미끼로 삼아 기회를 노릴 수도 있다. 특히 그간 지내오는 동안에 오비이락과 같은 예기치 못한 국직국직한 사건들이 이빨을 드러낸 채 요동치는 바람에 나라 안이 온통 슬픔으로 잠겼던 일을 우리는 지금까지도 잊을 수가 없다.

특히 안전불감증으로 인한 뜻밖의 삼풍백화점의 붕괴사건과 끊어져 내려앉은 성수대교사건, 어린 학생들과 운명을 같이한 세월호 참사 사건과 이태원 참사 사건들에 의한 악몽의 수많은 인명피해는 정말로 영원히 잊지 못할 억울한 눈물의 사건들로 아직까지 우리 뇌리에서 떠나지 않고 있다. 이는 어떠한 치유로도 원상복구가 불가능한 끔찍한 상처투성이의 사건들이었다.

그 외도 지금까지 수시로 발생하는 화재나 수해로 인한 산사태, 교통사고, 건축현장의 낙상사고 등과 같은 안전불감증이 빚어낸 부지기수의 사건들이 줄을 이어 끝이 보이지 않는다. 이러한 억울한 일들이 우연 일치로 빚어진 운명의 장난인지 아니면 불감증에서 발생한 중차대한 인사사고의 맹점인지는 몰라도 여하튼 명확하게 잘잘못을 가려내기란 그리 쉬운 일이 아니다. 우리 모두가 어쩌다 이런 운명의 사건 사고에 휘말려 끔찍한 일을 당할 수밖에 없었던지 반드시 반성하고 원인 규명은 있어야 할 것이다.

이처럼 주위에서 일어나는 사건 사고들의 인명피해가 불가항력적 이유였다거나 또는 오직 오비이락(烏飛梨落)의 운명에 의해 발생한 일이었을 지라도 결코 무책임하게 방치할 수는 없는 노릇이다. 이는 어떤 위로와 보상이 따를지라도 그 깊이 파인 상처는 치료하고 원상회복하기엔 불가능하다. 다시는 이러한 일이 발생하지 않도록 법적 제도적 장치를 반드시 개선하여 억울하게 피해를 당한 수많은 영혼을 위로해야 마땅할 것이다.

앞으로는 우리 모두가 행동할 때는 항상 물 건너가듯 조심스럽게 더듬으며 위험한 함정은 없는지, 지금 이 시간에도 의심받을 일은 없는지, 각자의 위치에서 나름대로 되짚고 살피며 안전한 삶을 살아가야 하지 않겠는가.

감사하면 행복하다

감사하니까 행복해진다는 것은 불가분의 관계다. 그래서 감사와 행복은 정비례한다고 한다. 감사가 없는 마음은 삼엄한 지옥과 같고 감사가 없는 가정은 메마른 사막과 같은 것이다. 감사하는 마음이란 마음에 새겨 둔 기억이며 행복을 낳아 기르는 어머니의 혼과 같다. 그래서 감사는 자기 아닌 다른 사람에게 보내는 감정이 아니라 실은 자기 자신의 평화와 행복을 말함이다.

철학자 아리스토텔레스는 "행복은 감사하는 사람의 것이다."라고 했고, 인도의 시성 타고르는 "감사의 분량이 곧 행복의 분량이다."라고 했듯이 사람들은 감사한 만큼 행복하게 살 수 있다는 것이다. 감사함을 모르는 행복은 모두가 꿈에 지나지 않는다. 감사함을 생각할 수 있는 사람만이 행복을 얻을 수 있다.

감사는 과거에게 주어지는 덕행이라기보다 미래를 살찌우는 덕행으로 행복을 키우는 스승이다. 또한 빌헤름 웰러는 "가장 행복한 사람들은 가장 많이 소유한 사람이 아니라 가장 많이 감사하는 사람들이다"했다. 행복은 소유에 정비례하지 않는다. 감사를 자기가 소유한 재산과 비유할 수 없을 만큼 소중하며 남을 유쾌하게 만들며 높은 이자로 빌려줘도 아깝지 않은 행복의 가치다.

감사하는 마음속에는 미움, 시기, 질투가 없어 남을 위한 배려와 보살핌으로 봉사와 사랑 속에 평온한 행복을 잠재운다. 탈무드에 '감사하는 마음은 기적을 만드는 습관'이라고 했다. 작은 일이나 하찮은 일에도 감사하는 자체가 장수의 비결이라고 한다. 감사만큼 강력한 스트레스의 정화제가 없고 감사만큼 강력한 치유제가 없다. 스트레스의 홍수 시대를 살고 있는 우리는 스트레스를 해소하기 위한 비결은 그저 "감사, 감사하면서 살라"는 것이다. 그리하면 청량한 감사의 엔돌핀 덕으로 행복을 기쁨으로 맞이할 수 있다.

감사하는 마음이 있으면 참으로 평온한 가운데 뇌과학에서 말하는 세로토닌이 펑펑 쏟아져 스트레스를 치료하며 소리 없이 슬며시 다가선 행복이 즐거움을 선사해 주는 것이다. 그런고로 감사가 행복의 나눔이며 행복이 감사를 낳아 기르는 것이다. 그러기에 애틋한 사랑에 목말랐던 감사와 행복은 떼려야 뗄 수 없는 짝꿍이며 죽고 못 사는 찰떡궁합이라 해도 지나친 말이 아니다.

찰떡궁합의 조건 하에 태어난 양심 어린 친절과 배려, 봉사와 예의는 누가 뭐라 해도 무진무궁의 경사요 금상첨화가 아니겠는가?

"나날의 행복을 정밀한 저울로 달아 볼 것이 못 된다. 보통

의 저울로 달아보면 부정확하기는 하지만 그래도 만족스럽기는
할 것이다." 이는 괴테가 한 말이다.

나날이 행복한 사람이라 해도 어쩐지 행복한 줄 모른다. 그
래도 내가 행복하다고 고마운 마음을 먹으면 행복해지고 만족
해진다. 누구에게나 배려하고 친절하게 봉사하는 마음이면 스스
로 만족을 느끼게 되고 하루하루 삶의 보람에 감사하는 마음속
에는 늘 행복이 편안하게 잠들게 되어 있다.

참된 행복은 항상 자기 곁에 잘 정착하지 않는다. 잘 관리하
고 보살피지 않으면 언제든지 그림자처럼 떠나게 되지만 어리석
은 자는 이 행복이 현재 있는 것으로 착각할 수도 있다. 안일을
바라는 마음을 버리지 못하는 행복은 결코 차지할 수 없다. 행
복은 오직 그 사람의 올바른 성과인 것이며 우연히 외부에서 찾
아온 운명의 힘이 아니다. 행복이란 누구에게나 주어지는 게 아
니라 각자가 만들어 가야 한다. 내가 가진 욕심과 탐욕을 버리
고 만족한 노력과 열정을 쏟아부었을 때 지금 걷고 있는 튼튼
한 다리가 고맙고, 아름다운 눈이 있어 고맙고, 아름다운 새소
리를 들을 수 있는 귀가 고맙고, 기댈 수 있는 가족이 있어 좋은
이 순간은 모두가 행운이 아니라 현재 내가 가진 다행스러운 행
복이라 할 것이다. 레오나르도다빈치가 "잘 지낸 하루가 행복한
잠을 이루게 하는 것처럼 잘 보낸 인생은 행복한 죽음을 가져온
다."는 말이 마음에 와닿는다.

감사나 친절이 실시간에 빠른 행동으로 자신이 잘이행하고 있는지 바로바로 지켜봐야 민감한 행복을 지켜낼 수 있다. 그것 뿐인가. 긍정적인 마인드에 자기 결정력이 단단해야 거한 행복을 맞을 수 있다.

인간에게는 자기 스스로 '생각과 행동'을 결정하려는 기본 욕구가 있다. 자기 결정권이 주어졌을 때 자발적인 동기부여가 되고 책임 의식도 생긴다. 예를 든다면 어린애들을 그렇게 성장하도록 하려면 부모의 강요나 권유에 따라 애들이 움직이도록 할 것이 아니라 애들 스스로 자신이 가장 잘하는 것을 찾아 의욕을 가지고 할 수 있도록 여건을 만들어 주어야 하는 것이다.

무조건 '감사해하라' 하면 어느 누구가 공손히 따를 자가 있으며 '행복해진다'라고 해도 이를 믿는 자가 얼마나 될까? 그래서 감사하고 행복해질 수 있는 여건 조성이 무엇보다 필요한 요건이라 할 것이다. 보다 높은 도덕적 행동에 가치를 부여하고 스스로 자부심을 꾸준히 키워가기 위해서는 평상시의 교육이나 사회적 환경도 무시할 수 없는 필수 불가결한 요소다.

더 중요한 것은 견인불발(堅忍不拔)의 정신이다. 굳게 참고 버티어 마음이 흔들리거나 빼앗기지 않음을 이르는 말이다. 감사의 의지를 차곡차곡 쌓아가다가도 아차, 하는 순간에 도루묵이 돼 버린다. 감사하면 끝까지 감사한 마음을 가져야지 어쩌다가 상대를 섣불리 폄하하거나 비방하는 행동을 한다면 '주고 빰

맞는 격'으로 그간에 쌓아 올린 공든 탑이 하루아침에 무너지는 것은 예사다.

　진실한 행복은 아무에게나 주는 것이 아니라 인내를 가지고 남을 위해 배려하고 친절로 봉사하며 언제든 감사한 마음을 가진 모범적인 사람이면 누구나 불문하고 행복의 아름다운 꽃다발을 받을 자격이 주어지는 것이다.

2부

인생은 낙장불입

고상한 말의 미소

　실없는 사람처럼 침묵을 멀리한 채 자기 멋대로 떠들어대고 응석부리고 허풍 뜨는 사람이 있다면 누구나 이를 열린 마음으로 쉽게 받아들이기 어렵다.

　이런 사람을 대할 때면 어쩐지 묵혀진 밭뙈기에 듬성듬성 염치없이 자라나는 야생화를 보는 듯하다. 잡초 무성한 들판에서 야생화가 제아무리 스스로 아름다움을 뽐내더라도, 수많은 벌과 나비가 향기에 취해 날아드는 군락지의 꽃만 하겠는가? 우리의 말도 품위와 순정이 넘치는 곳에서 다양한 계층과 어울려 인과관계를 맺고 존경과 사랑의 꽃망울을 터뜨릴 때가 가장 멋지고 아름답다. 우리는 말을 평시 타고난 성품이라고 대수롭지 않게 여긴다. 그러나 철없이 아무렇게나 내뱉는 말은 천박한 행동일 뿐만 아니라 예의 없는 행동으로 비쳐 실언자로 오해받을 수도 있다. 더 나아가 상호 불신의 골이 깊어지거나 원수지간이 될 수도 있다. 이러한 언행들은 남을 웃기기 위한 우스갯소리나 조크, 개그와는 엄연히 다른 것이다. 쓸데없이 함부로 내뱉는 말실수는 상대방의 마음에 상처를 입히거나 멍들게 함으로써 누구든 만남을 꺼리거나 마주 대하려 하지 않는다. 영국 속담에 "말은 마음의 그림이다. 말은 바람과 같은 것이다."라고 한 것처럼 말이란 마음의 표현이며 아무렇게나 예의 없이 내뱉는 이야기는 방향 없이 내닫는 바람과 같은 것이다.

옛날 남들보다 부유한 나의 고등학교 동창이 있었는데, 그 친구는 만날 때마다 으스대며 돈 자랑 아니면 자식 자랑, 심지어는 옛 조상님 자랑까지 입이 마르도록 늘어놓곤 했었다. 그뿐만이 아니라 자기가 식사비를 낸다며 고급음식을 주선하고는 끝날 무렵이면 슬며시 사라지는 버릇까지 있어 얄미운 친구였다. 정말로 더 이상 상대하고 싶지 않은 사람이기에 주위에 절친한 동료라곤 찾아보기 어렵다. '콩으로 메주를 쑨다' 해도 이를 듣고 믿을 사람이 없다. 어디에서나 왕따를 당해 고독만이 그를 감쌀 뿐이다. 더군다나 평소 한마디 말을 쏟아놓으면 말끝이 어딘지 모를 만큼 다혈질의 성격이다. '긴말은 하품의 씨앗이다'란 속담이 있다. 이 말은 지나치게 긴 수다는 듣는 이들이 지루함을 느껴 대화할 의욕마저 상실케 한다는 뜻이다. 말이 많으면 쓸 말이 적은 법이다. 미련한 자는 그 입으로 망하고 그 입술에 스스로 얽매이게 된다. 담지 못할 실수로 원망을 사게 되고 하찮은 말에 숨은 가시가 되어 상대를 아프게 찌르거나 오해와 증오의 불길을 당기기도 한다. 말로 입은 상처는 칼로 베인 상처보다 훨씬 아프고 후유증도 쉬 가시지 않는다. 말이란 해야 맛이란 속설도 있지만, 이는 꼭 해야 할 말을 뜻하고 하찮은 말은 안 하는 것만 못하다는 뜻이다.

오히려 말수가 적은 사람은 고집불통처럼 보일지 모르나 내공의 깊이를 가늠할 수가 있고 끊고 맺음이 명료해 지혜로워 보인다. 말을 해도 가급적이면 무게 있게 장소와 때를 가려서 할 줄 알아야 진정한 식자로서의 대접을 받는다. 일언천금(一言千金)이란 말이 있다. 한마디 말이 천금의 가치가 있다는 뜻이다. 말만 잘하면 어떤 어려운 일이나 불가능한 일도 만사 해결이다. 칭찬으로 상대의 사기와 기분을 올려 줄 수도 있고 자기 스스로도 즐거움과 행복감을 만끽 할 수가 있다. 풋풋한 인정이 넘쳐흐르고 위풍당당해 보이는 사람의 말은 어딘지 모르게 그 위엄이나 엄중함이 돋보인다.

우리는 음식을 먹더라도 분위기를 먹는다고 한다. 분위기는 맛에 30%를, 나머지 70%는 누구와 먹는지, 즐겁게 먹는지, 서비스는 좋은지 등등의 요소들로 채워진다. 누구나 즐거운 모임에서 불쾌한 말실수로 따스하고 평온한 곳에 찬물을 끼얹는 경험을 한두 번쯤은 겪었으리라. 말이란 그만큼 분위기를 살려주는 기분 메이커다.

만일 여러 사람 앞에서 달갑지 않은 사사로운 일로 냉랭한 분위기를 연출했다면 그 즉시 자기감정부터 추스르고 진심 어린 사과부터 해야 한다. 말은 꿀벌과 같아서 꿀과 침을 동시에 가지고 있기에 자기 언행의 여하에 따라 상대의 기분을 전환 시키기도 하지만 아픈 곳을 찔러 마음에 깊은 상처를 입히기도 한다. 오죽하면 입에서 나오는 대로 함부로 말을 뇌까린다 해서 설망어검(舌芒於劍)이란 사자성어까지 등장했겠는가? 즉 혀는 칼보다 날카롭다는 뜻이다. 이는 서양 격언에 '혀는 강철은 아니나 사람을 벤다.'라는 의미와도 일맥상통한다. 말은 칼같이 무섭다는 강한 표현이기도 하다.

쓸데없는 말은 목표물을 겨누지 않고 총을 쏘는 것과 같은 이치다. 우리 주위에 마음을 따스하게 녹이고 기쁘게 해주는 말이 얼마든지 있건만 왜 이를 무시하고 그냥 지나쳐 버리는 걸까?

이제부터라도 우리 모두 그간 실속도 없이 무책임한 언어로 가장했던 말들은 몽땅 창밖에 던져버리고 맛깔스럽고 고상한 말을 아름답게 장식해보는 것도 미소 띤 현명한 삶의 얼굴이 아니겠는가!

개차반

주위 사람들과 가끔 대화를 나누다 보면 무언가 모르게 뒷맛이 개운치 않고 쓴맛이 나는 어휘들이 있다. 바로 말머리에 '개' 자를 붙여 상대방에게 욕설을 퍼붓거나 함부로 내뱉고 지껄이는 말들이다.

대충 나열해보면 '개소리, 개새끼, 개수작, 개싸움, 개지랄, 개죽음, 개살구' 등의 기상천외한 어구들이 무모하리만치 자존심을 상하게 한다. 이런 언어들의 사용으로 때로는 빈축을 사기도 하고, 함부로 덤비며 날뛰다 보면 당치않은 실수나 불쾌감을 줘 반인류적 낙인을 찍기도 한다. 이에 일일이 대응하다 보면 입씨름으로 싸움판이 벌어지기도 하여 울며 겨자 먹기로 그저 보고 듣는 수밖에 없는 현실이 안타깝다. 이러한 몰상식한 말들이 옛날 식용으로 키웠던 천한 개들을 인정사정없이 패거나 욕으로 다루었던 수난 시대의 작태가 지금까지 쉽사리 사라지지 않고 전해 오고 있음은 심히 유감이며 알량한 자존심에 비수를 꽂는 격이다.

그런 까닭으로 곁에서 누가 속된 말로 '개차반'이란 욕설만 퍼부어도 나도 모르게 이럴 수가 있나 싶을 정도로 은근히 신경이 곤두선다.

"저놈은 술만 먹으면 개차반이야!"

"개차반처럼 굴지 마라!"

"우리 남편은 술만 마시면 개차반이 돼서 살림살이를 다 때려 부순다!"

이런 말들은 별로 듣고 싶지도 않고 맞장구치기도 싫은 말들이다. '도대체 개차반이 무엇이길래 그토록 마음을 쓰게 할까? 이런 거친 말들을 왜 사용할까?' 참지 못할 의구심이 한없이 꼬리를 물어 댄다.

나만이 아니라 누구든 이런 말들을 들을 때 품위 있고 점잖은 사람이라면 모두가 마음이 편치 않다. 어느 곳에서나 누구든 함부로 이런 막말을 쉽게 사용해서는 아니 되며 생각조차 하지 말아야 한다.

원래 '차반'에 '개' 자를 붙인 '개차반'이란 의미는 개가 먹는 '차반 즉, 똥'이란 뜻인데 이는 적절치 못한 표현인 데다가 개 같이 품행이 난장판이고 거친 사람을 일컫는 말도 되기에 조심하지 않으면 낭패를 볼 수가 있다. 여기에다 한술 더 뜬 속된 유의어로 개똥상놈, 개불상놈이란 몹시 저속한 말을 사용하는 것은 더욱더 용납되지 않는다.

지금은 '애완견'이라 하여 사랑하는 개를 가족처럼 집에서 좋은 환경에서 품질 좋은 사료를 먹여 키우기 때문에 '차반'이란 먼 나라의 이야기지만, 과거에는 개가 먹는 특별한 음식이 없어

밖에서 줄에 묶인 채로 사람이 먹고 남은 음식을 먹이거나 그냥 들로 산으로 돌아다니며 똥을 주워 먹었기에 이름하여 '개차반'이란 말을 붙인 것이다. 따라서 옛날 개를 집짐승으로 천하게 다루었던 것처럼 사람이 예의도 없고 어리석고, 나쁜 일을 저지르는 사람을 '개망나니'라 해서 붙여진 행동이 역시 '개차반이'란 이름으로 불려 온 것이리라.

어떻든 평소 아무리 성격이 얌전하더라도 도리에 벗어난 난폭한 망나니 행동으로 주위 사람들에게 씻지 못할 잘못을 저질렀다면 천하게 '개차반'이라 욕해도 할 말은 없다. 남은 어찌 되던 세상은 자기만이 존재하는 것이 아니며 마음 내키는 대로, 발길이 닿는 대로 아무렇게나 내닫는 행동은 누구든 인간 예우를 받을 자격조차 없을 뿐더러 결국 사회 테두리 속에서 외톨이가 되어 비참한 인생 낙오자의 길을 걷게 된다. 어리석음과 지혜로움이 결코 무연(無緣)하지는 않다. 사람마다 너그러웠던 아량이 어쩌다 어리석음으로 움츠러들어 고슴도치처럼 가시를 돋울 때도 있을 것이고, 남을 곰살맞게 비방이나 모함하다가 '개차반'이란 소리를 들을 수도 있으며, 본이 아닌 행동을 하다 보면 불합리한 환경변화의 틈바구니에서 사치와 허영과 패륜을 저지를 수도 있고, 권력과 정치의 탈을 쓰고 흥정이나 음모로 그야말로 개가 판치는 '개불상놈'이란 심한 욕까지 감수해야 할 처지에 놓일 수도 있기에 항상 예의와 행동을 올바르게 해야 함은 당연하다.

이제부터라도 아무쪼록 '개, 개차반'과 관련된 무지한 욕과 행동은 삼가해야 할 것이며 이를 멀리하고자 한다면 우선 상대에 대한 예의를 존중하며 어쩌다 과오와 과실이 있거든 잘못을 반성하고 진심 어린 사과를 잊어서는 아니 된다.

그 이름 '개차반'이 못마땅하게 고개를 빳빳이 들거든 항상 가시 돋친 장미꽃을 생각하라. '아름다운 장미꽃에 하필이면 왜 가시가 돋쳤을까? 저토록 아무도 쓸모없는 가시 돋친 나무에서 어쩌다 아름다운 꽃이 피어났을까?' 잠시 눈을 넌지시 감고 자신이 지금 무엇을 했고 앞으로 다짐한 일들이 무엇인가를 가슴 깊이 새겨 볼 일이다.

그렇게 마음을 삭여 다스리고 나면 넓은 호수의 물결이 잔잔히 흐르듯 평온한 마음속에 가시 돋친 장미꽃의 진심이 무엇인지를 스스로 삭일 것이고 그 삭임이 아름다움으로 피어나리라~

교만과 사랑

교만이란 잘난 체하며 뽐내고 건방짐을 이르는 말이다. 즉, 거만하고 오만방자하고 불손함이다. 인도의 격언 중에 '해가 저물면 우리가 이 세상에 빛을 준다'라는 반딧불이의 교만에 대한 이야기가 있다. 오로지 자기들만이 어두운 밤 세상을 밝혀줄 수 있다는 반딧불이의 교만함이 깃든 격언이다. 이는 모든 세상에 자기들만이 존재하고 자기들이 없으면 온통 암흑이 돼 버린다는 점을 강조한 것이다.

사람이 사는 곳이면 어디든 누르고 눌러도 두더지처럼 뛰어오르는 비열하고 야수 같은 교만함이 그림자처럼 따라붙는다. 평시 자기가 알고 있는 것은 자만하고 모르는 것은 거만하게 버텨보는 것이 일반적 사람들의 심보라 해도 지나침이 없다. 야수같이 도를 넘는 오만방자한 교만에는 정말로 참기 어려운 분노가 치밀어 오른다. 과연 못난 놈일수록 건방지고 거드름을 피우는 이유가 무엇일까?

'못된 송아지 엉덩이에 뿔 난다'란 속담이 있다. 잘나지도 못하면서 잘난 체하며 중구난방으로 설치고 다니는 놈을 이르는 말이다. 이렇듯 되지 못한 오만함을 추스르지 못하고 청승맞게 깊숙이 뿌리를 내린 몸부림이 교만의 실체다. 겉으로는 예의가 있는 것처럼 그럴듯한 겸손과 배려의 껍질을 뒤집어쓴 채 사랑이란 꿀물로 포장해버린 유아독존(唯我獨尊)의 교만함이 판치는 세상이 몹시도 밉고 원망스럽다.

오비디우스는 "교만과 사랑은 같은 지붕 밑에 살지 못한다" 하였다. 모르긴 해도 짝사랑하는 외기러기 같은 극과 극이란 반대개념의 뜻이 아닌가 싶기도 하다. 교만한 자가 어찌 진실한 겸손과 배려의 사랑을 알겠는가? 오죽하면 교만이 한여름의 잡초처럼 매일 발로 꾹꾹 밟아도 순식간에 웃자라 버리는 악의 뿌리로 패망의 앞잡이라고 했겠는가.

돈 좀 벌었다고 거들먹거리고 작은 감투에도 큰 벼슬인 양 목에 빳빳이 풀을 먹이고 우쭐대는 꼴이 가관스럽고 민망하기 짝이 없다.

사랑에서 움트는 겸손과 배려는 예의와 존중에서 연유된 후덕한 마음의 상징이지만 오만방자한 교만은 위선과 가면으로 엮어낸 쓸모없는 불량배의 추한 모습이다. 교만의 좌판을 벌이고 앉은 파렴치한 오만 불순한 놈들이 겸손함과 사랑의 나눔과 베풂, 남을 배려하고자 하는 선량한 사람들까지도 얕잡아 보고 깊은 마음의 상처를 입힌다. 그래서 선량한 사람은 무의식중에 이들을 가급적 피하거나 상종도 하지 않으려 한다. 그 이유는 자기 말만 앞세우고 남의 말을 듣지 않거나 오히려 튕기거나 무시하는 태도에 누구든 거만하고 건방지다고 생각하기 때문이다.

이것은 항상 자기가 무엇이든지 자기만이 옳고 남보다 뛰어나다는 그릇된 거만과 오만이 만들어 낸 고질병의 증세인 것이다.

일호교기(一毫驕氣), 즉 털끝만 한 교만스러움도 없어야 한다는 사자성어다. 이 말은 인간이 애당초 교만에서 오는 오만방자한 생각이랑 아예 품지 말아야 한다는 넉넉한 도덕심의 발로이다. 더 중요한 것은 사람마다 오만과 거만이 꽃을 피운다면 결국 파멸의 이삭을 줍고 치욕이 뒤따른다는 사실을 알면서도 모르쇠로 일관해 버리는 습성이 더 문제란 것이다. 누구나 거만과 오만의 울타리를 걷어내고 겸손하고 배려의 문을 들이세운다 하면서도, 그냥 엉거주춤해 버리는 자세는 오히려 교만의 싹을 알차게 틔우는 것이나 다름없다. 이는 곧 자기가 배려와 겸손을 지나치게 의식한 나머지 암암리에 내 맘속에 교만의 뿌리가 자라고 있다는 사실을 알아채지 못하는 증거이기도 하다.

영국 속담에 "자네의 교만은 호주머니 속에 넣어 두어라"했다. 자신이 교만이라고 생각되면 바로 옳은 방향으로 거둬들이는 길이 최선의 방법일 것이다. 그러나 오히려 스스로 자신을 더 높이기 위해 사랑으로 쌓아 올린 배려와 겸손을 외면한 채 교만을 앞세우는 것은 결국 패가망신의 원인이 된다는 사실을 우리는 항상 염두에 두어야 할 일이다.

벽에다 공을 던지면 자신에게 되돌아오는 것처럼 사랑을 주지 않으면 사랑을 받는 법이 없고 배려와 겸손의 씨를 뿌리지 않으면 거두는 법이 없는 것과 같은 이치다. 지금이라도 자신이 거만스럽고 오만방자한 교만의 악에서 벗어나 초연히 스며오는 겸손과 배려의 사랑으로 승화시키고 싶다면 움츠렸던 영혼을 흔들어 깨워라!

원하건대, 앞으로 돌다리를 두드리는 심정으로 모질고 차디찬 교만의 겨울을 지나 따스한 봄기운을 맞아 겸손과 배려를 아름답게 피어난 꽃처럼 나의 진심 어린 사랑으로 키우고 싶다.

꼴값 떠는 사람들

학창 시절 석양이 짙게 깔린 어느 여름날, 인천 배다리시장 굴다리 밑에 즐비하게 늘어선 헌책방을 찾아가는 길에 얽혔던 아련한 기억을 더듬어 본다.

시장 골목에 북적이는 왕대포집 앞을 지날 무렵에 주점 안에서 싸움이 벌어졌는지 요란하게 떠들어내는 소리가 길 밖까지 흘러나왔다. 가까이 다가가 보니 거나하게 취한 5, 60대 중년들이 서로 멱살을 붙잡고 막말을 서슴없이 퍼붓고 있었다.

"어디다~ 술주정이야! 이 병신새끼!"

"병신새끼라니~ 너 몇 살이나 처먹었어? 예의도 없는 놈!"

"무엇이? 점잖게 말할 때, 꼴값 떨지 말고 술이나 처먹어, 이 자식아!"

"야~ 그만들 해! 나잇값들이나 해라!"

이처럼 서로 붙잡고 싸움을 하는 측과 말리는 측의 부질없는 막말들이 서슴없이 수위를 높여가고 있었다. 그때 주정뱅이들의 "꼴값이니, 나잇값"이니 했던 말들이 지금까지 나의 뇌리에 무척이나 못마땅한 기억으로 남아 있다.

순박하게 자란 우리로서는 이 '꼴값을 떤다'는 말이 어쩐지 귀에 몹시 거슬리는 막말의 언어들이다. 그럼에도 사람들은 걸

핏하면 상대를 비하하여 '꼴값 떤다. 꼴값한다.'라는 말을 아무렇게나 자주 내뱉는다. 이는 은연중에 나온 예의와 도덕을 무시한 막말로 너무 지나친 욕설이다. 어쩌다 오래도록 엄격히 다스려오던 아침의 나라 동방예의지국이 이 지경의 부도덕한 막가파 시대에 빠져 몸살을 앓고 있는지 알 길이 없다.

예의와 존경의 아름다운 언어들이 얼마든지 있건만 어찌하여 격에 맞지 않은 '꼴값'이란 막말들이 뒷골목마다 휘젓고 있는지 그야말로 한심하기 짝이 없다. 특히 속칭 '값'이라는 가치의 존엄성마저 무뎌지는 감각의 언어들이 선량한 삶의 인성을 망가뜨리고 있다. 게다가 '나잇값, 밥값, 사람값, 얼굴값'이란 고만고만한 막말 나부랭이들까지 덩달아 함께 설쳐대고 있다. 이런 말들은 우리가 먼저 조심하고 되돌아보아야 할 허물이기에 자기 잘못을 체득하고 옳은 방향으로 반드시 개선해야 할 언어들이다.

이런 '값'의 합성어인 '꼴값'이라는 말을 들으면 괜히 마음이 뒤틀리고 기분이 상해 이맛살을 찌푸리게 된다. '꼴값'에서 '꼴'이란 생긴 모습이나 상황을 뜻하며, 속어로는 '꼬라지'라고도 표현한다. 여기 '글꼴'이라고 할 때의 '꼴'도 글자의 모습을 형상화한 것이다. 가끔 '꼴값'이란 단어는 얼토당토않게 사람이 밥을 먹으면 '밥값' 소나 말이 여물(꼴)을 먹으면 '꼴값'이라는 그럴싸한 유머로까지 변형하여 여러 사람 앞에 웃음을 자아내기도 한다.

그러면 대체 '꼴값'이란 정확한 실질적 의미는 무엇일까? 얼굴 모양을 속되게 표현한 것이 '꼴'이고 '꼴값'이란 얼굴값을 이르는 말이다. 즉 부정적인 얼굴이 그 값어치를 하고 있다는 뜻이다. 격에 맞지 아니한 아니꼬운 행동에 '꼴값하네'라는 말을 자주 쓰는데 이는 누구에게나 화를 돋우게 하는 말이다. 하고 있네를 '떨고 있네'로 하고 여기에 '꼴값'을 넣으면 '꼴값을 떨고 있네'로 표현된다. 그뿐인가. 생김새나 됨됨이에 어울리지 않는 행동을 할 때 '꼴이 말이 아니다'라든가 '꼴좋다'라든지, 옷차림이 누추하거나 얼굴의 야윔에 '꼴사납다'라든지, 분수도 모르고 행동할 때 '꼴값한다' 또는 '꼴값을 떤다'라는 표현들은 은근히 감정을 건드리는 언어이기도 하다. 만약 장애인의 면전에서 "병신, 꼴값 떠네"라고 빈정댔다면, 그 당사자는 신체적 자책감과 정신적 실망감으로 슬픔을 안고 가슴 치며 통곡했을지도 모른다. 더군다나 부지불식간에 어울리지 않게 '꼴값떤다'라는 핀잔을 주고 얕잡아 깎아내리는 말을 했다면 당사자는 그야말로 칼로 도려내는 듯한 아픔에 스스로 돌이킬 수 없는 극단의 행동을 할 수도 있는 일이다.

경학망동(輕學妄動)이란 말이 있다.

함부로 경솔하고 망령되게 행동하지 말라는 의미다. 사람은 누구든 자신의 모든 행동에 책임을 져야 하고 '꼴값'이니 하며 남을 지탄하기 보다는 자기 자신을 먼저 돌아보고 자기의 허점과 허물을 끊임없이 나무라며 고쳐가려는 자세가 무엇보다 중요하다. 그뿐인가. 평상시에도 모든 언어 뒤에는 언제든지 오해와 허구가 숨 쉬고 있다는 사실을 반드시 기억해둬야 할 것이다.

그럼에도 불구하고 요사이 남에게 '꼴값떤다' 하면서도 오히려 자기가 꼴값을 떨고 있는 꼴불견들이 넘쳐나 심히 우려스럽다. 언제나 이를 보는 우리의 엷은 마음은 더욱 우울해질 수밖에 없다. 소위 남을 무시하고 잘 난체하는 권력자나 재력가나 지도층들이 저마다 자기의 꼴값은 꼴값이 아니라는 인식을 버리지 못하고 있다. 아니 자기들은 꼴값을 옆에 두고 꼴값에 재미를 붙이거나 매력을 느끼는지는 몰라도 어떻든 그들의 꼴값의 농단으로 많은 선량한 사람들이 피해를 입고 있다는 사실을 염두에 두어야 한다.

막말로 인정머리 없이 꼴값 떠는 자들이여~ 경고하고 바라노니!

지금은 예전처럼 아예 '꼴값'을 모르는 체하고 '꼴값'을 떨고 있는 세상이 아님을 인식하고 똑바로 행동하기 바란다.

우리는 하루속히 힘 있는 자와 권력자의 '꼴값'에서 벗어나 항상 주위의 훈훈한 사랑에 감사하며 행복한 삶을 누리는 것만이 우리의 간절한 소망이다.

끊임없는 집념

집념(執念)이란 한 가지 일에 매달려 마음을 쏟음, 혹은 그 생각이나 마음을 지칭하는 용어다. 집념은 앞선 아집이나 고집, 억지와는 달리 긍정적으로 해석하는 경향이 있다. 일례를 들어보면 '나는 1위를 달성하겠다는 집념으로 일을 했다'거나 '세상을 떠나신 부모님에 대한 사랑은 절대로 잊을 수 없는 집념이다'라든지 '집념이 있다면 무슨 일이든지 성공할 수 있다'라는 등의 구절은 하나같이 강한 의미의 어조들이다.

이솝우화 중에 독수리와 딱정벌레에 관한 이야기가 있다.

독수리가 공중에서 쏜살같이 내려와서 토끼를 채가려고 했으나, 토끼는 낌새를 미리 알아차리고 숨을 곳을 찾아 헤매던 중에 마침 딱정벌레가 옆을 지나가고 있었다. 할 수 없이 토끼가 딱정벌레에게 구원을 요청하자 토끼를 불쌍히 여긴 딱정벌레는 독수리에게 통사정하며 만류하였다. 그러나 독수리는 조그만 딱정벌레의 말에 귀도 기울이지 않고 토끼를 잡아먹어 버렸다.

딱정벌레는 그렇게까지 애원했는데도 들어주지 않은 독수리가 몹시 미웠다. 그 후, 독수리가 알을 낳아 새끼를 까려고 할 때면 딱정벌레는 독수리 집으로 날아가 독수리 몰래 그 알을 굴러 떨어뜨리곤 했다. 독수리는 집이 좋지 않아 그런가 싶어 다른 곳으로 이사를 했다. 딱정벌레는 독수리의 이사한 곳까지 쫓아 가서 알을 낳으면 굴러 떨어뜨렸다. 아무리 자리를 옮겨도 마찬 가지라 독수리는 제우스신에게 부탁을 하기로 했다.

제우스신은 자기 무릎에 알을 낳으면 무사할 것이라 일러 주었다. 그래서 독수리는 딱정벌레가 덤비지 못할 줄 알고 마음 놓고 제우스신의 무릎 위에서 알을 낳았다. 약삭빠른 딱정벌레 는 제우스신 옆에 숨어 있다가 쇠똥을 묻히고 날아 올라가서 제 우스신의 품에다 떨어뜨렸다. 제우스신은 옷깃에 떨어진 쇠똥을 보고 더러운 것이 웬일이냐 싶어 옷을 털어버렸다. 그 바람에 독 수리 알이 굴러떨어져 깨져버렸다. 이때부터 독수리는 딱정벌레 가 나올 철이 되면 아주 알은 낳지 않게 되었다 한다. 딱정벌레 의 끊임없는 집념에 독수리는 그만 손을 든 것이다.

이는 전심치지(專心致志) 즉, 한결같은 마음으로 그 일에만 뜻을 다하여 집중시킨 결과이며 한 가지 일을 긴히 생각하고 노 심초사한 끝에 기어이 성사시킨 것이다. 이것은 복수하기 위해 온갖 뼈를 깎는 듯한 난관을 극복하고 드디어 전쟁을 승리로 이끈 중국 춘추전국시대 때의 끊임없는 집념의 와신상담(臥薪嘗 膽)과도 일맥상통한다. 아무리 굳은 돌이라 할지라도 한 방울 한 방울 떨어지는 낙수에는 별수 없이 구멍이 뚫리기 마련이다. 아무리 어려운 암벽이라도 한 발짝 한 발짝 딛고 기어오르면 못

오를 리 없다. 물렁한 땅도 다지고 또 다지고 나면 굳는다. 끈기 있는 집념은 만리장성도 쌓는다.

금번(2024년) 파리올림픽에서 세계 속의 우리 대한민국의 자랑스러운 선수들의 피땀 흘린 굳건한 집념은 우리의 국격을 높였고 온 국민을 한마음 한뜻으로 열광시켰다. 이는 하루아침에 이루어진 것이 아니고 오랫동안 뼈를 깎는 모진 고통과 아픔을 인내와 의지로 버텨낸 끊임없는 집념의 귀중한 대가이며 튼실한 열매였다. 물론 다른 종목의 선수들도 마찬가지지만 특히 이중에서도 마라톤 선수들은 누구의 도움도 없이 홀로 목표지점까지 있는 힘을 다하여 자신과의 외로운 싸움에서 기어코 이기고자 묵묵히 죽을힘을 다해 집념을 불사르다 보면 승리는 이미 선수 앞에 바싹 다가와 있다. 이렇듯 집념은 거짓을 원하지 않으며 애타게 갈구하고 버티는 자에게 목을 축여주는 것은 사랑의 여신이다. 우리는 쓸데없는 일에 귀중한 집념의 가치를 함부로 낭비하지 말아야 한다.

이는 시간의 낭비일 뿐만 아니라 도망가는 토끼를 잡으려다가 잡은 토끼마저 놓치는 꼴이 된다. 너무 크게 욕심을 부리거나 한꺼번에 여러 가지를 다 하려다가 도리어 이미 이룬 일까지도 실패로 돌아가는 룰을 범할 수가 있다. '무쇠도 갈면 바늘 된다'고 했다. 단단하고 무딘 쇠도 갈면 갈수록 가늘고 날카로운 바늘을 만들 수 있다. 사람이 어떤 어려운 일이라도 꾸준히 노력하면 못 이룰 일이 없다. 태산을 넘으면 반드시 평지를 보게 되어있다. 값진 집념을 위해 뼈아픈 고뇌와 고통을 이겨낸다면 다음에는 즐거운 행복을 맞이할 수 있다.

　　KBS 아침 치매예방에 대한 프로에서 어느 시장의 노점상인 80대의 할머니가 노인답지 않게 국내외의 명언이나 격언, 속담을 그 자리에서 물 흐르듯 줄줄 거침없이 외는 모습을 방영했는데 그야말로 신에 가까울 정도의 놀라운 기인이었다. 기자가 그 연유를 묻자 할머니는 "명언이나 속담을 한 구절 한 구절 외우다 보니 기분전환도 되고 기억력도 좋아져 심신 건강에 큰 도움이 되어 지금까지 그럭저럭 머릿속에 넣은 구절만도 천여 개가 넘을 정도의 명언이나 속담을 사랑하게 되었다."는 기억왕 할머니의 주름진 얼굴에는 만족의 웃음꽃이 피어나고 있었다.

　　누구든 이러한 귀중한 경험담을 들으면 아마도 진심으로 존경과 경의를 표하지 않은 사람은 없을 것이다. 이것은 아무나 집중력으로도 이룰 수 있는 일이 아니며 끈질긴 집념과 집착의 결과로 이루어 낸 모범적 교훈의 모델이자 심신 건강의 귀감이 된 사례다. 어떻든 끊임없는 집념이란 길바닥에 아무렇게나 나 뒹구는 돌멩이도 아니오, 바람결에 쓸모없이 스쳐 가는 가랑잎도 아니다. 집념은 그냥 집념일 뿐이라고 안일하게 넘겨서도 아니 되며 언제든 고난과 역경 속에서 땀 흘려 캐낸 보물로서 우리 모두가 마땅히 귀중하게 다듬어야 할 값진 가치라 해도 공감할 일이다.

낙장불입(落張不入)

　낙장불입(落張不入)이란 원래 책을 제본하거나 옛 책이 전하여지는 과정에서 책장이 빠지는 일이 없어야 한다는 뜻이었으나 오늘날에는 화투(고스톱), 투전, 트럼프 등 노름판에서 바닥에 이미 내놓은 패는 다시 집어 들거나 물리지도 못한다는 용어로 쓰이고 있다. 이 뜻은 의도하지 않은 결과를 일으키는 인간의 행위 즉, 어설픈 수읽기, 대세 판단의 미숙, 조심성 없는 부주의나 착각에 의해 저지른 '실수'를 말하는 것이다.

　한번 엎지른 물을 다시 줘 담지 못하듯이 자기가 저지른 실수는 좀처럼 거둬들이기 어렵다. 그러기에 우리 교훈의 본보기로 한 번의 사소한 실수일지라도 최종의 결과는 대단히 크다는 사실을 재인식시켜주기 위한 사자성어가 낙장불입이다.

　일행유실 백행구경(一行有失, 百行俱傾)이란 말이 있다. 이는 누구나 한 번 실수로 모든 일이 다 잘못된 것처럼 비칠 수 있다는 뜻이다.

　실수는 그만큼 신뢰가 무너져 중요한 일을 처리하는 데 있어서 걸림돌이 된다는 의미이기도 하다. 더욱이 반복되는 실수로 무슨 일을 하든지 남들에게 믿음을 주지 못하면 자기의 삶조차도 활개를 펴지 못하고 움츠러들게 된다. 원숭이도 조심성 없는 부주의로 나무에서 떨어질 때가 있고 큰소리치던 지혜로운 사람일지라도 미처 생각지 못하여 우를 범할 수가 있다.

한 번 실수는 병가(兵家)의 상사, 즉 한 번쯤의 실수는 누구에게나 다 있는 법이니 크게 탓할 것이 아니라는 뜻이다. 그렇다고 실수해도 무턱대고 마냥 묵인해 버리라는 것은 결코 아니다. 방심한 실수란 늘 변명이 따르게 되고 또 하나의 다른 더 큰 실수를 저지를 수 있기 때문에 사전에 철저히 주의해야 한다. 자기 잘못을 마음속 깊이 뉘우쳐 반성하며 차후는 절대로 어떠한 실수라도 용납하지 않겠다는 확고한 마음의 다짐이 필요하다.

그래서 어설픈 실수에도 불구하고 일상에서 맡은바 사명감과 책임감을 완수해 낸다면 오히려 신뢰를 더 쌓을 수도 있다. 부주의로 실수를 했다고 실망하거나 자책하지도 말고 내가 할 수 있는 일을 찾아서 처음부터 다시 시작하는 마음으로 최선을 다할 때 분명 기쁨과 용기는 하늘을 찌를 수 있다.

만약 상대방에 대하여 쓸모없는 잘못된 언행이나 예의에 벗어난 행동을 저질렀다면 반드시 잘못을 인정하고 양해를 구할 줄 알아야 속절없이 망가진 실수를 복구할 수 있다.

모든 일을 성실하고 겸손하게 자기의 역량을 발휘할 때 나를 다시 움직이고 나를 다시 일어서게 하는 것이다. 그렇게 되면 발목 잡는 실수의 소굴에서 벗어나 신뢰 구축의 신선한 궁전을 맞이할 수 있다. 신뢰는 목숨과도 같은 존재라 해도 지나친 말이 아니다. 그러기에 신뢰는 자기 목숨과 같아서 인생 끝까지 동행하는 것이다. 신뢰가 무너지면 처음부터 시작하기도 쉽지 않거니와 게다가 번번이 신뢰를 잃는다면 모든 것을 다 잃는 것이나 다름없다. 하찮은 판단 미스의 실수라 해서 인생 존엄의 가치를 함부로 내동댕이치는 얼간이가 되어서도 절대로 아니 된다.

노자는 "실수하며 보낸 인생은 아무것도 하지 않고 보낸 인생보다 훨씬 더 유용하다"라 했다. 이는 작은 실수를 하더라도 교정하려는 굳은 의지와 의욕이 있다면 전화위복의 기회로 삼을 수 있다는 정도의 가르침일 것이다. 흐르는 시간을 통해 삶의 정답을 찾아 올바른 신뢰 구축의 길을 당당하게 걸어갈 수 있다면 반드시 해이해진 낙장불입의 패키지는 유용한 방향으로 흘러가게 된다. 그뿐인가! 내외에서 쓸데없이 굴러다니는 낙장불입의 찌꺼기들을 한데 모아 '신뢰'란 휴지통에 몽땅 집어넣고 나면 튼실히 움트는 마음의 새싹은 우리에게 또 다른 희망의 즐거움을 선사해 줄 것이다.

세상에 실수하지 않는 사람은 없다.
한 번 실수 했다고 해서 영원한 실수는 아니다. 그렇다고 실수를 사랑해서도 안 되지만 마냥 자라도록 내버려 둬도 안 된다. 실수했을 때는 내가 왜 실수했는가를 되돌아보고 고쳐가려는 마음의 자세가 무엇보다 중요하다는 인식을 낙장불입의 교훈에서 찾아야 할 것이다.

따끔한 충고의 진실

충고는 조언의 의미와 엇비슷하여 그 뜻을 혼동하여 사용하기 쉽다. 충고(忠告)는 남의 결함이나 잘못을 진심으로 타이른다는 뜻이고 조언(助言)은 말로써 남에게 무언가를 깨우쳐 주는 형태를 말함이다. 그래서 자신도 말을 하다 보면 상대에게 충고하고 있는 것인지 조언하고 있는지 헷갈릴 때가 있다.

자칫하면 나름대로 상대와 허물없는 사이라서 깨우쳐 주려고 조언한 것인데 엉뚱하게도 충고로 받아들여 오해를 살 염려가 있어 신중을 기해야 한다.

애당초부터 조언이 아니라 따끔한 충고를 해주고 싶다면 사전에 상대의 기분을 상하지 않게 양해를 구한 후 자기의 의견을 차분하고 부드럽게 전달하는 것이 진실한 충고의 마음인 것이다. 충고의 사자성어 중에 정문일침(頂門一鍼)이란 말이 있다. 이는 정수리에 침 하나를 꽂는다는 뜻으로 상대방의 급소를 찌르는 따끔한 충고나 교훈을 일컫는 말이다. 그러기에 특히 충고는 조언과는 달리 더 조심스럽게 접근하지 않으면 소기의 성과를 거두기 어렵다. 충고하는 사람은 대부분 좋은 뜻으로 말하나 듣는 이의 입장에서는 자기를 무시한다거나 멸시한다는 의미로 받아들여 조심하지 않으면 낭패를 볼 수가 있다.

대부분의 사람은 자랄 때 고생의 경험담을 말하거나 자신의 불합리성을 정당화시키거나 아니면 스스로 실패한 상처를 드러내 보일 때, 항상 자기에게 유리한 점만 이야기하려는 습성 때문에 오해를 불러일으킬 소지가 있다. 예를 들면 자식을 곁에 두고 싶은 나머지 부모가 옛날 독일에 광부로 파견되어 고생했던 일을 털어놓으며 외국에서 일할 기회가 있는 자식에게 혹시나 대를 이어 고생하지 않을까 염려하여 자식의 제안을 무조건 반대한다면 이는 조언이 아닌 충고로 받아들여 부모를 원망하게 되는 것이다.

데일 카네기는 "누군가에게 충고를 하는 것은 무척 어려운 일이다. 특히 잘못을 바로잡기 위해서 야단을 치거나 싫은 소리를 해야 할 때는 아무리 조심한다 해도 마음이 상하기 쉽다."라고 했다.

이는 상대가 느끼는 감성과 인식이 다름으로 정당한 충고라 해도 선뜻 쉽게 응낙하기 어렵다는 사실을 인식하여야 한다. 그렇다면 어떤 것들이 지혜롭고 현명한 충고의 진실일까? 예를 들면 몹시 나태한 학생에게 자기 잘못을 반성하고 이행토록 선도하는 선생님의 따뜻한 사랑과 가르침, 단체의 리더가 팀원들의 단합을 위한 사기진작, 문제점을 정확하게 지적해 주고 개선시키려는 올바른 자세와 방향의 제시, 또는 부모가 사랑하는 자식에게 꾸지람 대신 어떤 문제점의 본질을 해결해 주려는 마음의 자세라면 따끔한 충고의 진심은 저절로 녹아들 수 있다.

여기에다 끊임없는 충고자의 성찰과 솔선수범하는 자세, 상대에 대한 이해와 설득, 신의를 바탕으로 한 상호 간의 동심이라면 진솔한 충고는 누구든 기쁨의 뜰에서 함께 나눌 수 있다. 사람은 누구나 편안한 삶을 원한다. 고통을 싫어하고 기쁨만 가득하기를 바란다. 그러나 고통이 없고 기쁨만 있다면 인간의 내면은 절대로 여물 수가 없는 것이다.

충고로서 이런 변화 있는 난관을 쉽게 헤쳐나갈 수 있도록 옳은 방향으로 인도해 준다면 아무리 어려운 처지에 놓여 있을지라도 그만큼 성숙해질 수 있을 것이다. 때로는 이 충고와 교훈의 영향이 다소 일시적으로 더디다 해도 오랫동안 간과되어 온 문제점이기에 실수와 착오를 바로 교정할 수 있는 끈질긴 지도력이라면 엉킨 매듭을 쉽게 풀 수 있을 것이다. 그러기에 상대가 나를 위해 진심으로 지혜로운 지도나 열정을 쏟는다고 생각할 때 따끔한 작은 충고일지라도 효과는 배가 될 것이다.

바닷가의 조약돌은 그토록 둥글고 예쁘게 만드는 것은 잘생긴 바위의 위력이 아니라 부드럽게 쓰다듬는 물결인 것처럼 형형한 눈으로 바라보는 충고의 위력이 아니라 평시 부드럽게 다져진 진실의 설득력이다. 프랑스 시인이며 영화감독인 장 루슬로가 지은 「또 다른 충고들」이란 시에서 사람들은 자식이나 친구에게 충고할 때, 다 너를 위해 그런 것이라 말한다고 한다. 이것은 실상은 상대를 위하는 것이 아니라 내 생각대로 행동해주기를 바라는 욕심일 수도 있다는 말이다. 비록 미물에 불과한 느린 달팽이 일지라도 자연의 흐름 속에 자신의 속도와 방향대로 움직이는데, 이를 내가 원하는 방향대로 움직이도록 바꿔놓을 수는 없다. 다만 따뜻한 시선으로 지켜봐 주는 것이 때로는 상대를 돕는 최선의 방법일 수 있다.

자녀에게도 "이렇게 해라. 저렇게 해라." 시시콜콜 간섭하는 부모들이 적지 않다. 부모의 잔소리가 자식들에게는 오히려 괴로운 스트레스의 원인이 될 수도 있다. 충고는 인자한 어머니의 사랑과 같은 진실함 그 자체다.

어느 누구든 충고할 때는 쌓인 앙금을 말끔히 씻어낸 보듬은 사랑에서 진실한 마음의 꽃망울을 터뜨릴 수 있어야 바람직한 성공을 기대할 수 있다.

똥배짱

우리가 언제나 "똥배짱을 부린다" 또는 "똥배짱이 두둑하다"란 말을 많이 쓴다. 하지만 '똥배짱이 무엇이냐?' 물으면 금방 대답이 나오지 않는다. 이는 허투루 부리는 배짱을 속되게 이르는 말이기 때문이다.

마음속으로 다져 먹은 태도나 생각을 '배짱'이라 한다. 이 배짱에 접두어 '똥' 자를 붙여 '똥배짱'이라 한다면 배짱을 아무렇게나 되는대로 부린다는 뜻이기도 하다. 그러면 배짱이 마음에 들지 않아 못마땅해 나오는 말이 '똥배짱'이 아닐까? '똥배'와 '짱'으로 분리해 보면 '똥배'는 똥똥하게 불러서 나온 배를 의미하고 '짱'이란 요새 신조어로 쓰는 '최고 또는 으뜸'이란 뜻이 된다. 그래서 과식으로 음식물이 불필요하게 뱃속에 가득 차 배가 볼록 튀어나올 정도면 최고 또는 으뜸이라는 의미는 틀린 말이 아닌 성싶다.

결국 '똥배짱을 부린다'는 뜻은 볼록하게 부른 배를 쓸데없이 들이대며 허튼 수작으로 고집을 부리는 사람을 이르는 말이다.

중국 당나라 때 현종의 귀여움을 독차지한 어느 뚱보라는 별명을 가진 간신이 있었는데, 그는 워낙 배가 볼록 튀어나온 체형이었다. 하루는 현종이 그에게 뜬금없이 질문을 던졌다. "도대체 경의 배속에는 무엇이 들어있기에 그렇게 배가 큰 동산처럼 부른고?"라는 질문에 그는 당황한 기색도 없이 대뜸 "소신의 배에는 오직 폐하에 대한 일편단심만이 가득 차 있을 뿐이옵니다."라고 능청을 떨었다. 이 같은 아부에 기분이 좋아진 현종은 즉시 절도사라는 높은 벼슬을 내려주었다 한다. 지금까지도 '똥배짱' 하면 그 당나라 때의 배부른 배짱의 간신이 아부로 출세한 이야기가 전해오곤 한다.

요즘도 어디서나 체면은 무시한 채 부질없는 아부에다 똥배짱까지 겸해야 출세한다는 무질서 속의 세상이 참으로 안타깝기 그지없다.

예의는 고사하고 면전에서 얼굴도 변하지 않는 똥배짱의 모리배들이 여기저기 설치고 다니는 것은 어제오늘의 일이 아니지만 해도 너무하다는 생각이 든다. 올망졸망하게 이마를 맞대고 사랑과 정겨움을 나누던 이웃사촌은 온데간데없이 사라져 버리고 언제부턴가 '너 죽어야 내가 산다.' 식의 안달하는 냉엄한 오늘의 현실이 한심하기 짝이 없다. 뿐만 아니라 화해 없는 의견충돌이나 반대 아닌 반대, 남은 틀리고 자기만이 옳다는 이기주의가 사회를 병들게 하고 있다. 인정 어린 존경과 사랑과 배려는 언제부턴가 아부와 똥배짱의 소용돌이 속에 휘말려 갈 곳 몰라

서성이고 있건만 오늘도 질서 없는 울타리 속에서 여전히 '똥배짱의 힘'은 무럭무럭 자라나고 있다. 어쩌면 지금이 똥배짱끼리 서로 잘난 체하며 맞부딪치며 살기에 제일 알맞은 환경인지도 모른다.

오늘날의 복잡한 사회문제와 모순되고 왜곡된 현실의 그릇된 가치관, 양심과 도덕성의 타락, 물질 만능의 풍조와 이기주의가 똥배짱의 밑거름이 되고 있다. 그중에서도 대립각으로 벽을 쌓는 노사 간의 갈등과 분쟁, 오해와 편견, 정치판의 무의미한 불협화의 똥배짱은 국가 발전에 전혀 도움이 되지 않는 사회악의 축이다. 이 모든 것은 너 나 할 것 없이 넉넉하고 평범한 배짱을 넘어 폭식과 과욕으로 가득 채워진 고질적 병폐에서 과감히 벗어나야 한다.

똥배짱을 즐기는 자들이여!
넉넉한 배짱이 아니어도 좋다. 이제 그만 부질없는 똥배짱만은 내려놓아라. 쓸데없는 똥배짱만 버린다면 역지사지로 남을 이해하고 남의 입장에 서서 사물을 바라볼 수 있다. 이제 가치보다 더 귀하고 소중하다는 쓸모없는 똥배짱은 버리고 따뜻한 마음으로 사랑과 행복을 나눌 수 있는 일에 함께 매진해 주기를 바라는 마음 간절하다.
하늘 높은 줄 모르고 치닫는 몹쓸 교만과 위선의 똥배짱은 이제 속속들이 깨쳐 버리고 보다 넘쳐나는 사랑과 배려의 좋은 성능을 불러들여야 할 때다.

똥배짱의 혼탁한 세상에 물들지 말고 원한과 갈등 없는 아름다운 초록빛 연정의 꿈을 안고 마음껏 나래를 죽 펴고 즐거움을 나눠보자.

좋은 것을 담으려면 우선 그릇을 비워야 한다. 욕심을 비워야 신선함이 채워진다. 악기도 비어 있기 때문에 좋은 음이 나오는 것이다. 똥배짱도 비우면 내면에서 울리는 자신의 잘못된 과오의 외침을 들을 수 있다.

마음의 꽃

마음의 꽃은 가슴속에 사랑과 애착과 배려를 간직함으로써 부드럽고 아름답게 피어오르는 뭉게구름과 같은 것이다. 꽃이 따스한 햇살을 이고 아름답게 피어나면 쉽게 시들지 않고 튼실한 열매를 맺듯이 우리도 늘 신선한 향기 머금은 마음이라면 당연히 튼실한 열매를 맺을 수 있음이다.

그렇지 않으면 언제든지 시들어 볼품없이 바람결에 날리는 꽃잎 같은 신세가 될 수도 있다. 진한 꽃향기처럼 그윽이 무르익은 마음이면 자기도 모르는 사이에 깃털 같은 행복감이 아름다움으로 피어난다. 그래서 이러한 가슴속은 어디까지나 따뜻한 마음의 고향이며 즐거운 삶의 둥지가 될 것이다.

플로베르는 "마음을 팔고 사지는 못하지만 줄 수 있는 재산"이라 했다. 이렇듯 우리가 줄 수 있는 마음의 재산을 남에게 언제든 대가 없이 선물로 나누어 줄 수 있다면 숙성된 배려와 진실한 사랑은 즐거운 삶을 더욱 아름답게 꾸며 갈 것이다. 하지만 따뜻한 마음이 한 번쯤 좋은 뜻을 가졌다 해서 그것이 우리 둥지 속에 늘 머물러 있는 것은 아니다. 마음의 꽃은 어제 먹은 뜻을 오늘 다시 새롭게 보듬어 주지 않으면 언제든지 내 곁을 말없이 훌쩍 날아가 버리는 얄미운 나비와 같은 존재다. 그러기에 평소 가슴속에 좋은 뜻을 가졌다 하더라도 반드시 되새겨보고 되짚어 보는 마음가짐이 있어야 한다. 그러기 위해서는 반드시 의좋은 심신불이(心身不二)의 정신이 함께 동행하여야 뜻을 이룰 수 있다.

즉, 마음과 몸이 따로 놀아서는 따뜻한 생기를 불어넣을 수 없다. 체온이 떨어지면 몸이 병들 듯 냉소 가득 찬 마음이라서 언제든 건강한 정신일지라도 병들기 십상이다. 강건한 체력에 깃털 같은 마음의 미학이 날개를 펼 때 믿음과 배려와 사랑이 향기를 뿜어낼 수 있다.

뉴먼은 "사람의 마음속에는 두 개의 침실이 있어 기쁨과 슬픔이 살고 있다. 한방에서 기쁨이 깼을 땐 다른 방에서는 슬픔이 잔다."라고 했다. 이는 항상 기쁨 이면에는 보이지 않는 슬픔이 함께 머무르기에 너무 기쁨의 유혹에 빠지다 보면 예상하지 못한 슬픔을 맞을 수도 있다는 말이다. 그러므로 둥지 속에 기쁨과 행복은 우리 곁에 오래 머물도록 잘 보살펴야 하지만 실망, 좌절, 걱정, 원한, 증오, 욕망과 같은 쓸데없는 비애는 멀리 두고 가까이에 머물지 못하도록 늘 경계하여야 한다. 특히 우리를 우롱하고 괴롭히는 비애는 항상 마음속에서 떠나갔다가도 곧잘 찾아드는 미운 오리 새끼 같은 불청객이다.

'열 길 물속은 알아도 한 길 사람 속은 모른다.' 했다. 겉으로 아무리 마음의 꽃이 아름답게 피어날지라도 내면에서 우러나오는 맛이 상긋하고 담백하지 않으면 그 진의를 알 수가 없다. 그렇기에 우리의 심금(心琴)이 잘 조율되어야 늘 기쁨과 행복이 나비처럼 사뿐히 날아들 수 있다. 우리의 마음은 언제든 아름다운 독버섯처럼 늘 속 다르고 겉이 달라 종잡을 수 없이 변덕을 부릴 때가 있다. 독버섯은 대개 식용이 아닌 한약용으로 쓰이기 때문에 언제든지 독을 뿜을 수 있어 조심스럽게 다루지 않으면 무슨 일을 저지를지 모른다. '마음 잘 먹으면 북두칠성이 굽어살피신다. 마음을 바르게 쓰면 신명(神明)이 보살핀다.' 했듯이 지금 우리의 자세도 언제나 소박한 마음으로 정도의 길을 걷는다면 원하는 행복은 반드시 나를 찾아 줄 것이다.

마음속을 아름다운 품종의 꽃으로 채우고자 한다면 먼저 미더운 심중의 꽃병부터 비워내야 한다. 꽃병을 비우고 나면 내면에 군더더기 없는 순수한 외침의 소리를 들을 수 있다. 덧붙여 여기에 잊지 않고 순수한 마음의 꽃이 향기 머금고 자랄 수 있도록 공간을 미리 마련해 놓는 것도 주어진 순서 중의 하나일 것이다.

왜냐하면, 이곳은 쓸모없는 공간이 아니라 언제든 삶에 꼭 필요한 배려와 사랑의 좋은 품종을 보관함으로써 풍요로운 삶을 살찌울 행복의 보금자리이기 때문이다. 그래서 이곳에서 우리는 사랑과 분수, 배려와 겸손, 행복과 즐거움이 필요할 때 언제든지 튼실한 품종을 꺼내 이에 걸맞은 아름다운 마음의 꽃을 피워갈 것이다. 이 기회에 그간 살아오면서 담아왔던 부질없는 마음의 잡꽃들도 함께 몽땅 깨끗이 걷어버리고, 그 여백에 앞으로 살아갈 날들의 소박한 마음의 웃음꽃들을 사랑으로 보듬고 정성껏 키워 보리라!

모순덩어리 인간

인간은 근본적으로 모순덩어리의 실체이기에 그 모순을 인정하고 극복하고자 노력하는 과정에서 한 단계씩 성장해 간다. 세상에 완벽한 인간은 없다. 흑백으로 나눌 수 없는 회색지대의 세상에는 다양한 모순들이 존재한다. 대부분의 사람은 그 모순과 욕망을 부끄러워 감추거나 모른 척해 버린다. 그래서 모순의 존재는 인간적이고 흥미롭고 신비감마저 드는지도 모른다.

모순(矛盾)이란 어떤 사실의 앞뒤 또는 두 사실이 이치상 어긋나서 서로 맞지 않거나 두 가지의 판단과 사태 따위가 양립하지 못하고 서로 배척하는 상태를 이르는 말이다.

모순이라는 개념은 중국 춘추시대의 철학자 공손룡이 제시한 '백이설'에서 초나라의 한 무기상이 자신의 창이 세상 모든 방패를 뚫을 수 있으며 동시에 자신의 방패가 세상 모든 창을 막을 수 있다고 허풍을 떨고 있을 때, 군중 중의 한 사람이 "당신이 파는 창으로 방패를 뚫어보시오"라고 즉석에서 요구하자 아무 대답도 못 하고 결국 현장을 슬며시 빠져나갔다는 이야기에서 전해진다.

이는 일반적인 원리나 규칙에 반하는 이율배반(二律背反)적

의미로 일종의 자가당착인 것이다. 이런 이율배반적 모순은 서로 양립할 수 없는 두 개의 명제로 칸트에 의하여 널리 쓰이게 된 것으로서 두 법칙이 서로 반대된다는 의미를 담고 있으며 체계나 사고 안에서 두 가지 원칙이나 법칙이 서로 대치되는 상황을 말함이다. 모순되는 두 가지 주장이 동시에 참임은 주장하는 것을 말함이다. 원래 모순관계에 있는 두 명제는 하나가 참이면 다른 하나는 반드시 거짓이어야 하고, 하나가 거짓이면 다른 하나는 참이어야 한다. 이율배반은 단순한 오류가 아니라 이성의 본능적으로 연유되는 필연적인 모순이라고 한다. 이러한 모순은 보다 높은 차원의 반성을 통하여 해소될 수도 있는 것이다.

예를 들면 말이나 행동이 서로 상반되어 나타나는 현상으로서, 간장이나 위장질환 환자들에게 술을 줄이라 말하는 의사가 남보다 술을 더 많이 마시며 즐기는 모습이라든지, 돈보다 의미가 중요하다고 말하면서도 돈을 펑펑 쓰고 다니는 사람이거나, 환경보호 운동가라고 자칭하며 핸드폰 케이스 등 플라스틱 물건을 수집하는 자나, 다이어트를 선언하고 간식을 폭식하는 자 등, 이들은 모두가 모순덩어리를 짊어지고 다니는 사람들이다. 이런 앞뒤가 다른 사람들을 볼 때 우리는 호감도가 떨어지고 상대에 대한 믿음이 가지 않는다. 이러한 모순적인 형태보다는 차라리 솔직한 태도로 당당히 나서는 편이 성숙한 인간 도리가 아닌가 싶기도 하다.

우리의 삶은 때때로 모순적인 일들과 마주칠 때마다 그러한 또 다른 불일치의 혼란을 겪곤 한다. 모순은 서로 대립하거나 맞지 않는 두 주장이나 사실이 동시에 발생할 때 불화나 충돌을 일으키곤 한다.

　　인간은 누구나 모순투성이의 마음을 안고 살아가며 날마다 본인이 가진 진심의 실체를 되새겨 보면서 가끔은 혼란스럽기도 하고 때로는 깨달음을 주기도 한다. 모순은 서로 어긋나거나 반대인 요소들이 동시에 존재하는 상황을 맞는다. 동일한 대상의 유무를 주장하는 것이 바로 모순이기에 이 상황을 모면하고자 일관성이 없는 말과 행동을 번복한다는 것은 결국 상대의 언행에 모순이 많다고 여겨 신뢰를 주지 않는다는 것이다. 그러나 주장하는 이치와 가치를 모두 포함한 논리적 모순들도 다양함으로 때로는 주의 여건의 변동으로 인하여 자신의 진심 어린 믿음이나 반성에 의해 긍정적인 사고를 얻을 수도 있다.

　　오늘날에는 어쩐 일인지 시답지 않게 창이 방패를 뚫는다 해도, 방패가 창을 막는다 해도 어느 것이나 다 옳다고 얼버무리는 세상이 되고 있어 무엇이 모순인지 애매모호할 때가 많다. 그러다 보니 누구나 아예 이러한 얼토당토않은 삶의 자체를 모순덩어리라고 여겨 우리가 현재 적응해 살아가는 제도적 현실이 모두 그럴 것이라고 가정하여 수긍해 버리는 수도 있다. 그렇지 않으면서 그런 것처럼 생각해버리는 자체도 모순이므로 현실에서 모순이 모순을 낳는다는 말이 당연히 나올 만도 하다.

모순적 혼란을 십분 이용하여 선량한 사람을 우습게 여겨 거짓 기만하고 우롱하는 권력자나 사기를 쳐 남에게 피해를 입히는 자는 쓴맛의 대가를 받아야 마땅하며 지구상에서 반드시 퇴출시켜야 할 대상자다.

지금이라도 모순의 가면을 쓰고 없으면서도 있는 척, 하지 않으면서 하는 척, 슬프지 않으면서 슬픈 척, 잘나지도 못하면서 잘난 척하는 '척'사들의 어설픈 연기는 이제 그만두고 진정한 인생 무대에서 멋진 사랑의 세레나데나 불러보면 어떠하리.

더 이상 모순을 논할 가치조차 없는 모순덩어리의 인간들이여.

이제 속 좀 차리고 당당히 어느 것이 분명히 그르고 옳은가를 인식하고 이성을 찾을 때도 되지 않았는가.

자기의 시비를 무시한 채 줏대 없이 무조건 남의 의견이나 명을 따르고 있는 것은 아닌지 스스로 되돌아다 볼 일이다.

그래서 앞으로 이것도 아니고 저곳도 아닌 모순덩어리에서 벗어나 현명한 판단에 의해 가치를 소중히 여기는 당당한 주인공이 되었으면 하는 바람이다.

모정의 미(美)

금방 비가 쏟아질 듯한 어느 무더운 여름날의 새벽녘이다. 어디선가 간간이 들여오는 이름 모를 어린 새 새끼의 가냘픈 울음소리에 잠을 깼다. 의심쩍어 창문을 열고 내다보니 태어난 지 엊그제인 양 잘 날지도 못하는 어린 새 새끼 한 마리가 난간 밑 틈바구니에 끼어 꼼짝달싹도 못 하고 애걸복걸하며 어미를 찾는 중이다. 아~뿔사~ 애처로움에 숨 쉴 틈도 없이 잠옷 바람으로 뛰쳐나가 우선 새 새끼를 난간 위에 조심스럽게 올려놓았다. 잠시 뒤 어미가 새끼 옆에 날아앉더니 요란스럽게 "쌕~ 쌕~"거리며 날개를 벌리고 입맞춤하는 모양이 어디에서도 보지 못한 너무나 애틋한 모성애의 한 장면이었다. 안도의 숨을 돌린 어미의 기쁨 속에는 "어마나~ 너 살아 있구나"라는 무언의 애절함이 그대로 녹아있다.

이토록 어미의 간절한 몸짓은 무엇으로도 비할 수 없는 감동적인 순수한 모성애의 전형적인 모습이다. 보통 모든 어미 새들의 애틋한 사랑의 공통된 모정이기는 하나 이번 둥지를 떠나온 새끼들에 대한 애끓는 모정만은 그야말로 감동적일 수밖에 없으며 우리 인간들의 원초적 모성애를 다시금 보는 듯하여 숙연해지는 순간이기도 했다 오늘에서 본 어미 새의 애절함이 넘친 '쌕~ 쌕~'거리는 모습은 어떻게 보면 잠시 날기 위해 안간힘을 쓰는 새끼에 대한 애처로움의 표현일 수도 있고 아니면 구해 준 인간에게 무언의 고마움을 표시한 인사일 수도 있으나 어떻든 어미 새의 지극 정성을 눈여겨본 필자에게는 예사롭지 않은 짜릿한 모정의 의미를 새삼 되새겨 보는 하루의 시작이었다.

어느 동물이든 어미들의 애틋하고 지극한 내리사랑은 새끼들이 어떤 난관에 봉착했을 때 자기 몸까지도 희생하여 보호하겠다는 강한 모정의 정신력과 의지력은 자연 발생적 DNA인 것이다. 그렇지 않다면 고장 난 DNA의 오작동에서 빚어낸 모정일 수밖에 없다.

주목할 것은 미물 중 어미가 새끼를 보호하고 보살피는 희생은 당연하지만 동물 중에 새끼들이 자랄 때까지 어미로서 자기 몸뚱어리를 새끼의 먹잇감으로 내주고 죽음을 맞이하는 애착의 모정은 어디에서도 찾아볼 수 없는 뜨거운 열정으로 우리에게 크나큰 감명을 주고 있다. 이것이 바로 우렁이들의 애틋한 모정이다.

어미의 몸 안에서 40~100개의 알을 낳고 그 알이 부화하면 새끼들은 제 어미의 살을 파먹으며 성장하는데, 어미 우렁이는 한 점의 살도 남김없이 새끼들에게 다 내주고 빈 껍데기만이 흐르는 물길 따라 정처 없이 둥둥 떠내려가 사라져버린다. 오직 아무엇도 모르고 자라나갈 새끼들의 무사 안녕을 빌며 떠나가는 어미 우렁이의 마지막 모정의 정신으로 그들만의 사명이요, 유일한 감동적 사랑의 징표다.

우리가 반성하건대 부끄러운 일이지만 미물에 불과한 새들이나 우렁이만도 못한 게 인간의 모정이 아닌가 싶기도 하다. 왜냐하면 요새 언론에서 게재된 제일 가슴 아픈 뉴스는 친모로서 자기가 낳은 핏덩어리인 신생아를 함부로 쓰레기통에 버리거나 학대하고도 모자라 구타하고 살생까지 저지르는 무도한 부모의 탈을 쓴 살인자가 늘고 있다는 비참한 현실이 안타깝고 개탄스럽다.

과연 이 땅이 인간들이 사는 세상인가 싶어 할 말을 잃게 된다. 정상적인 인간이라면 도저히 납득이 가지 않을뿐더러 우리에게 정말 말할 수 없는 실망과 슬픔을 안겨준다. 물론 팍팍한 생활을 인내로 버텨내지 못하고 맥없이 주저앉아 버리는 빈약한 인간성은 어느 정도 이해는 가지만 그렇다고 죄 없고 선량한 자식까지 살생시키는 잔인무도한 수단과 방법은 도저히 용납할 수 없는 일이다.

솔직한 말로 사고력을 가진 만물의 영장이란 인간들이 이것밖에 안 되는가 싶어 개탄스럽기 그지없다. 거침없이 정도만을 걷는 동물이나 미물들의 끈끈한 모정에 비하면 인간으로서 부끄럽기 한량이 없다. 새끼들을 위한 죽음은 당연시하고 이를 악물고 찢어지는 듯한 아픔의 희생정신이야말로 우렁이의 어미만이 가질 수 있는 진실한 사랑인 것이다.

 인간들은 나름대로 귀엽고 사랑스러운 자식을 위해 부모로서 할 일을 다 했다고 자부할지 모르지만 무책임한 과잉보호나 무관심으로 키워 위아래도 알아보지 못하는 망나니 자식들을 그대로 방치하는 책임은 누가 져야 할 것인지 묻지 않을 수 없다. 그러고도 부모의 의무를 다했다고 할 수 있겠는가 말이다. 자식의 앞날을 방해하는 무지의 모정이라면 결국 자식을 살생하는 것이나 다름이 없는 악질적 죄인이라 해도 할 말은 없다. 무턱대고 사랑만이 전부가 아니라 고통과 괴로움과 아픔의 장애물이 앞을 가로막을 때 자라나는 새싹들이 정의롭고 순탄한 길을 가도록 인도해 주는 모정만이 순수한 인간의 아름다움이요 향기롭게 피어나는 모정의 꽃일 것이다.

미련곰탱이

우선 '미련과 곰탱이'에 대한 어원을 살펴보는 것도 재미있는 일이다. 한자어로 미련은 아닐 미〈未〉, 익힐 련〈연-練〉 자를 사용하는데 여기서 '연'은 익힌다는 뜻의 의미로 '연복(練服)'에서 그 유래를 찾을 수 있다.

예전에는 부모님이 돌아가시면 3년 동안 상복을 입었는데 만 1년이 지나 입는 상복을 '연복(練服)'이라 불렀다고 한다. 그러나 연복을 입지 않았다는 것은 부모님이 돌아가신 지 아직 만 1년이 되지 않았다는 뜻으로 마음속에는 부모님의 그리움이 가시지 않고 남아 있는 자식들의 효심에 대한 증표인 것이다. 옛날은 그러했겠지만 부모와 자식, 웃어른과 아이를 알아보지 못하는 오늘의 현실에서는 솔직히 부모에 대한 '미련'이 효심에서 비롯됐다는 데는 별 의미가 없다. 그러나 아무리 예의가 없는 시대라고 하더라도 우리는 이 연복이란 언어를 사용할 때마다 마음속 깊이 되새겨 봐야 할 일이다.

아주 미련한 사람을 가리켜 '미련하기가 곰일세'라는 말을 자주 쓴다. 바로 '미련곰탱이'를 두고 하는 말이다. 곰탕에 '곰'을 넣고 끓이는 것이 아니듯이 '곰탱이'도 '곰'을 의미하는 것은 아니다. 사전에는 '미련곰탱이'는 '미련퉁'의 강원도 방언이라고 되어있다. '미련퉁이'는 '미련탱이'와 통하는 말이다. '퉁이'는 '사람' 또는 '둔한 사람, 더딘 사람'을 의미한다. 그런가 하면 '곰탱이'의 '곰' 자 때문에 '곰은 느리다'는 인식에다 느린 '굼벵이'가 '곰탱이'란 말로 변했다고 해서 '굼뜬 사람'이라 일컫게 된 것이라 한다.

원래 곰탱이는 욕하기 위해 만들어진 말이 아니라 곰의 잠자리를 뜻하는 단어라는 것이다. 그 이유는 곰은 습성상 잠을 잘 때 풀을 말아서 방석이나 침대처럼 만들어 놓고 웅크리고 느긋하게 잠을 잔다. 그래서 곰의 선입감인지는 몰라도 '미련곰탱이' 하면 동작뿐만 아니라 금방 알아차리지 못하는 굼뜬 동작을 생각하게 된다. 느려터진 사람을 보고 있노라면 보는 사람도 속이 터져 '야~ 이 미련곰탱아~'라고 함부로 욕설을 퍼 붓는다. 그러나 무조건 욕설을 퍼 붓기보다는 왜 옳고 빠른 행동을 하지 못했는지 원인부터 살펴보는 것이 상대방을 위한 역지사지의 배려와 지혜가 아닌가 생각된다.

이 기회에 겸하여 '곰탱이'란 말이 붙지 않은 순'미련'이란 명사의 뜻과 '미련하다'는 동사의 쓰임새가 다소 다르다는 점도 이 기회에 알아둘 필요가 있다.

즉, 일상생활에서 '미련'이란 명사는 주로 헤어진 연인을 멍청이나 바보처럼 깨끗이 잊지 못하고 남아 있는 마음을 의미하나 '미련하다'란 동사는 터무니없는 집착과 고집으로 일을 그르치는 매우 어리석고 둔함을 이르는 말이다.

그러기에 우리 속담에 "미련은 먼저 나고 슬기는 나중 난다"는 말이 있다. 이는 미련이 먼저 생기고 그다음에 슬기가 생긴다는 뜻으로 무슨 일을 잘못 생각하거나 잘못 그르쳐 놓은 다음에야 이랬으면 좋았을 것을 돌이켜 궁리하며 행동으로 옮긴다는 것이다. 이처럼 무슨 일이든지 먼저 마련의 마음은 버리고 바른 행동으로 나선다면 반드시 참된 가치의 목적을 달성할 수가 있다는 말이기도 하다.

누구든 둔하고 못난 미련곰탱이라 하더라도 정도의 양심을 발동하면 좀처럼 누그러지지 않는 강한 의지력을 발휘하게 되고 스스로 실속을 챙기는 사람이 될 것이다. 그렇게 되면 아무리 가슴속으로 파고드는 응고된 미련곰탱이의 버릇이 있다 하더라도 은연중에 서서히 녹여버릴 수 있는 강단이 생긴다. 이처럼 미련한 사람이 오히려 끈기가 있음을 비유적으로 이르는 말이 '미련이 담벼락을 뚫는다'라 했다. 그만큼 어려운 일을 헤쳐나가는 데는 미련이란 의지도 강력한 약이 될 수 있다는 말 일게다.

그래서일까? 노랫말 중에 '미련도 후회도 없다'란 가사가 마음에 와닿는다. 좌우간 삶의 옳은 도리를 지키며 허와 실에 연연하지 않으며 우악스럽지 않고 참신한 위인으로서 "나는 항상 곰이다."라고 가볍게 표현해도 누구든 "믿는 나무에 곰팡이 핀다."라고 말할 사람은 아무도 없다. 누가 '미련곰탱이'라고 비웃을지라도 이를 무시한 채 앞날에 나름대로 바라는 소망을 반드시 이루고 나면 주위의 사람들은 모두 격려와 축하의 박수를 보내줄 것이다.

'미런곰탱'이도 반짝 빛을 발할 날이 반드시 온다. 두고 보면 알 것이다.

백수건달(白手乾達)

아직 직업을 선택하지 못한 명예퇴직한 사람들이나 학교를
졸업한 청년들이 오랜만에 만나 악수를 나누면서

"지금 뭐하고 지내니?"

"백수건달이지 뭐. 매일 먹고 노는 게 일이야. 너는 어때?"

"나도 마찬가지야."

이렇게 주고받는 말이 현실이기는 하나 듣는이의 마음을 무
척이나 안타깝게 한다. 직업이 없어 어디를 가든, 누구를 만나
든 어쩔 수 없이 마음에도 없는 이런 대화를 나눈다는 것은 서
로 달갑지 않은 인사말일 것이다

여기 인사말 중에 백수건달(白手乾達)이란 대화가 있다. 이 대
화의 줄인 말이 '백수(白手)'인데 이는 '무직자'와 같은 의미를 지
닌다. 백수는 원래 돈 한 푼 없이 빈둥거리며 놀고먹는 건달을
의미했으나 근래에는 직업이 없는 사람을 부를 때 사용하는 말
이 되었다. IMF 외환위기 이후 눈에 띄게 늘어나기 시작한 명예
퇴직자나 대졸 청년들의 삶이 사회적 문제로 대두되면서 '백수'
라는 단어가 새삼 주목받는 유행어가 되어 버렸다.

그러다 보니 명예퇴직자는 차치하고라도, 특히 대학을 졸업
해 자립할 나인데도 불구하고 취직하지 못하거나 취직해도 독립

적으로 생활하지 못하고, 부모에게 경제적으로 의존하는 20~30
대의 젊은이들이 봇물처럼 늘어나는 현상은 그야말로 가슴 아
픈 일이 아닐 수 없다.

그 상황을 마치 캥거루 새끼가 어미 캥거루의 주머니 품속
에 있는 것과 같다고 하여 붙여진 이름이 '캥거루족'인데 이 캥
거루족은 우리나라의 청년 실업 시대를 대신한 뼈아픈 언어이기
도 하다.

대학을 졸업한 후에 취업하여 경제적으로 독립할 수 있는 능
력을 갖추고 있을 때는 분가하거나 부모님을 모시고 지내는 것
이 일반적인 선택이나 이와는 반대로 취업에 성공하지 못한 청
년들은 여전히 부모님의 도움을 받을 수밖에 없는 처지로 어쩔
수 없이 캥거루족이 되고 마는 것이다.

2000년을 전후해 젊은이들의 취업 문제가 심각한 사회문제
로 떠올랐는데 이는 비단 우리나라만의 문제가 아니다. 비유하
는 용어만 다를 뿐 가까운 일본을 비롯하여 미국, 영국 등 유럽
에서도 비슷한 맥락의 용어가 존재한다고 한다. 일본은 돈이 급
할 때만 임시로 취업을 할 뿐 정규 취업을 하지 않는다는 뜻에
서 프리터(freeter = free + arbeit)족이라고 부르는데 이는 우리
의 아르바이트와 같은 직업이 아닌가 싶기도 하다. 여기에 더
해 영국에서는 부모의 퇴직연금을 축낸다고 하여 캥거루 키퍼스
(kippers)족이라고 부른다고 한다.

154

어떻든 지금 백수건달일지라도 자기가 끊임없이 노력하느냐, 정상적인 부모의 역할에 따라 장차 훌륭한 사람으로 성장하느냐, 아니면 스스로 캥거루의 탈을 벗지 못하고 그냥 주저앉아 막가파 신세가 되느냐의 갈림길에 서 있음을 분명히 인식할 필요가 있다. 백수의 껍데기에만 집착해 버리면 제한된 좁은 공간에 묶여 꼼짝달싹도 못 할 것이나 그 공간을 벗어나고자 자기 역량을 다해 몸부림친다면 스스로 넓고 푸른 창공을 향해 날 수도 있다. 그리고 나면 백수건달로 있을 때의 세계와 자기 날개로 넓은 창공을 날아오를 때의 세계가 나름대로 분명히 다른 느낌일 수 있다.

백수의 빈 껍데기는 어디까지나 공허한 존재이며 고정관념일 뿐이다. 인생의 참된 가치는 백수라는 껍질 속에 갇혀있지 않고 열린 마음의 공간과 드높은 창공을 향한 곳에 자리 잡고 있는 것이다.

폴 마이어는 "생생하게 상상하라, 간절하게 소망하라, 진정으로 믿으라, 열정으로 실천하라. 그리하면 무엇이든지 이루어진다"라 했다. 이렇듯 간절한 기원은 강한 소망의 힘을 얻는다. 인생의 삶은 어디까지나 자신과의 싸움이며 자기의 진심 어린 마음과의 대화다.

우리 마음은 본래 순수해서 하늘처럼 파랗고 맑다. 다만 그 아래 슬픔이라는 구름이 지나가고 비가 내리는 것뿐이다. 숨을 고르고 천천히 쉬었다 가더라도 아예 미동도 하지 않으려는 백수의 빈 껍데기는 반드시 몽땅 걷어 버려야 한다. 자신의 신념을 믿고 열정을 다한다면 분명 소망의 나래를 쭉~ 펴고 저 높은 창공을 향해 훨훨 날아오를 수 있을 것이다. 사람은 마음먹기에 따라 만리장성도 쌓을 수 있고 허물 수도 있다.

작은 힘도 계속 모이면 놀라운 결과를 낳는다. 열 번 찍어 안 넘어갈 나무가 어디 있을까? '하면 된다. 안 되면 되게 하라' 이것이 강인한 정신의 기본 요건이다. 신약 '마태복음' 제7장에 "구하라, 그러면 얻으리라. 찾으라, 그러면 발견되리라. 문을 두드리라, 그러면 열리리라. 오로지 구하는 자는 얻고, 찾는 자는 발견하리라." 하였다. 노력하지 않는 자는 아무것도 얻지 못하며 노력하는 자만이 얻을 수 있다.

쇠도 쓰지 않으면 곧 녹이 슨다. 단단한 쇠도 그것이 쓰일 곳에 쓰이지 않고 버려두면 녹이 슬고 오히려 수명이 짧아진다. 이 세상 모든 것이 활발하게 움직이는 가운데 건전성은 빛이 난다. 부지런히 돌아가는 물레방아는 얼지 않는 법이다. 스스로 일해서 얻은 빵이 제일 맛있다. 오래 엎드려 있었던 자라도 뛰면 반드시 높이 솟아오를 수가 있다. 옥(玉)도 갈지 않으면 빛이 나지 않는다.

이제부터 오래도록 고이 간직했던 빛바랜 보석을 꺼내 빛이 나도록 갈고 닦아 나의 품위 있는 인생관에 걸어 놓고 멋진 삶을 살아보면 어떠하리오.

싸가지 없는 놈

"싸가지가 없다."란 우리 생활 속에서 대화할 때 흔히 쓰이는 말이지만 그 의미도 모르면서 은연중에 함부로 사용하는 경우가 많다.

평시 '싸가지'란 무엇이냐 물으면 답변이 궁색해진다. 그 의미를 알기 위해 국어 대사전 속으로 들어가 보았더니 문장만으로 보면 '싸가지'와 '싹수'는 그 의미가 크게 다르지 않으나 용법에 있어서는 약간의 차이가 있다고 한다. 그러면 '싸가지'와 '싹수'의 미묘한 차이점은 무엇일까? 우선 '싹수'의 사전적 의미는 전라도 지방의 말로서 '어떤 일이나 사람이 앞으로 잘 될 것 같은 낌새나 조짐'이라고 정의하고 있다. '싹수' 자체는 그리 부정적 의미를 띠지 않지만 '싸가지'는 '싸가지가 없다'와 같이 쓰여 상당히 부정적인 의미를 내포하고 있다.

그러니까 '싹수'를 '싸가지'로 바꿀 때 부정적인 의미가 더욱 드러난다고 한다. '싸가지가 없다'라 함은 상대보다 나이가 많거나 직급이 높은 사람이 아랫사람에게 쓰는 말로서 그저 '버릇이 없다, 윗사람에 대한 예의가 없다' 등의 가벼운 의미로 많이 쓰인다. 그래서 긍정적으로 '싸가지가 있다'라고 하면 칭찬이 될 것이고, 부정적으로 '싸가지가 없다'라면 욕이 될 수도 있다는 말이다. 좀 더 이해를 돕기 위하여 이 어원을 살펴보면 '싹수'에 대응하는 말이 '싹아지'인데 이는 '싹'은 '싹의 눈' 즉 '아주 작은 싹'이란 의미를 두고 '아지'는 '송아지, 강아지, 망아지' 등과 같이 접미사가 결합된 어휘다. 이 '아지'란 본래 '잘 될 기미가 없다'란 의미로 '버릇없는 놈'을 가리키는 말이다. 그래서 보통 예의가 없다는 의미로 쓰다 보니 역으로 '예의'라는 말의 근본이 되는 유교, 중국의 맹자, 공자가 말한 '인의예지(仁義禮智)'가 없는 사람이라 하여 '사(四) 가지가 없는 놈'이라 하였고 이것이 변형되어 '싸가지 없는 놈'이 되었다는 이야기다.

"될 나무는 떡잎부터 알아본다"는 속담이 있다.

장차 거목이 될 나무는 씨앗 속에서 처음 싹터 나오는 잎부터 그 징조가 보인다고 한다. 그러기에 이 속담에 쓰인 '떡잎'은 거목이 될 수 있는지를 보여주는 징표다. 우리말에는 '떡잎' 대신 '싹'이란 의미로도 쓰이는데 특히 '싹'이 사람을 가리킬 때 '싹수'로 쓰이는 것이 보통이다. 우리는 '싹수'는 잎이 트일 징조를 말하는데 '싹수가 있다. 싹수가 없다. 싹수가 노랗다. 싹수가 보인다.' 등의 여러 가지 어휘들은 정확히 말해서 욕인지 칭찬인지를 구분하기가 좀 애매하다. 비슷한 예로 그냥 섭섭하거나 약간 비아냥거릴 때 "이 문디자슥~, 말하는 거 보소, 영~ 싸가지가 없네!"라 한다면 이는 약간 욕설처럼 들이지만 지역이나 장소에 따라서는 정겨움을 나타내는 표시일 수 있고 친구끼리의 말장난으로 친근감을 나타내는 말일 수도 있다. 또 '싸가지'에 '밥 비벼 먹을 놈'이라면 떡잎에 밥을 비벼 먹는 놈으로 욕이라 생각할 수가 있지만, 해석에 따라서는 오히려 칭찬이라고 할 수도 있어 정확한 뜻이 무엇인지 아리송해진다.

그렇지만 엄중한 예의와 배려의 지혜로운 양심에서 볼 때 '싸가지가 없는 놈'이란 표현은 버릇이 없는 놈이거나 싹수가 없는 놈(나무나 풀의 새싹이 잘못되어 제대로 자라지 못하고 망가진 상태)으로서 도덕심을 무시하고 천방지축으로 놀아나는 놈이 될 수도 있다. 버릇없이 어른들 앞에서 문을 쾅 닫고 나간다든지, 다리를 꼬고 앉거나, 버릇없이 담배를 꼬나무는 행동, 퉁명스럽게 내뱉는 말버릇, 상하도 분별하지 못하는 방자한 태도는 속된 말로 '싸가지가 없는 놈'이라 해도 이상할 것이 없다.

특히 전철이나 버스 안에서 예의를 무시한 채 남녀노소 간의 실랑이가 벌어지는 경우를 종종 본다. 어느 쪽이 옳고 그런 것을 떠나서 비슷한 연배도 아닌 손자뻘인 청소년들이 70~80대 할아버지, 할머니들에게 반말은 고사하고 입에 담지 못할 욕까지 퍼붓는 모습이야말로 상상을 초월한 무법천지의 행동이다. 이 광경을 보고 있노라면 동방예의지국의 엄중한 예의와 존경이 일시에 와르르 무너지는 듯해 견딜 수 없는 참담함이 덜컥 내려앉는다. 이것은 마치 '구르던 돌은 계속 구르고 싶어 한다'는 심리적 관성의 법칙처럼 태어나면서 제멋대로 자란 무지와 철없는 망나니의 정서적 습성에서 비롯된 결과인 것이다.

이제 예의와 존경과 사랑의 인본주의가 어느새 희미한 잿빛 속으로 사라져 버린 기분이다. 요사이 이런저런 싹수없는 잡것들이 온 세상이 자기 것인 양 싸가지 없이 으쓱대는 바람에 잔잔히 흐르던 예의마저 방향을 잃은 채 허덕이게 되었다. 이를 해결하기 위한 제도적 장치도 중요하지만 사회의 일원으로서 스스로 바른 자세로 시정하려는 노력의 여하에 따라 삶의 가치를 가늠할 수 있다. 이처럼 남을 위해 인간 도리의 풍성한 덕성을 쌓고 나면 내면에서 울리는 자신의 값진 싹수의 외침을 들을 수 있을 것이다.

아량의 단아한 눈빛

　'아량(雅量)을 베푼다' 하면 보통 모든 일을 배려하고 양보하
는 도량이 넓은 사람을 연상케 한다. 맞기는 맞는 말이다. 그러
나 정확히 아량에 대한 정의를 내린다면 '너그럽고 속이 깊은 마
음씨'를 이르는 말이다. 여기 '너그럽다'는 말은 곧 마음이 넓고
아량이 있다는 의미다. 따라서 '지는 것이 이기는 것이다'란 말이
생긴 것도 이런 아량의 이유를 뒷받침하고 있음이다.

　왜냐하면, 맞설 형편이 못 되는 아주 수준이 여린 상태에서
옥신각신 시비를 가리기보다 심도 있고 너그럽게 대하면서 양보
하는 편이 도덕적으로 승리하는 것이기 때문이다. 여기에다 상
대를 알고 상대를 받아들이는 넓은 포용력(抱擁力)까지 곁들인
다면 금상첨화로 진정한 자비로움이 관대함과 풍성함을 자라게
한다. 숲이 우거져야 새도 모이고 물이 깊어야 큰 고기도 모인
다. 사람이 배려와 아량을 베풀어야 사람들이 존경하고 따르게
되는 것은 당연하다.

　한 사람이 다른 사람의 잘못이나 실수를 너그럽게 이해하고
용서하는 착한 성품의 소유자라면 주변 사람들과의 관계가 원
만하고 상대방의 마음을 편안하게 해주는 데 큰 도움이 될 것이
이다.

'아량을 베푼다'는 것은 배려하고 양보하는 마음으로 타인에게 도움을 주는 일을 의미한다. 즉 자비롭고 관대한 마음으로 다른 사람들에게 아낌없는 찬사와 격려와 지원을 아끼지 않는다는 뜻이며 또한 자기 잘못에 대한 실수를 인정하고 반성하며 어려운 상황에서도 남을 돕는 일에 적극 나선다는 말이다.

　다른 사람의 입장을 고려한 이해심과 자기의 애착심을 어느 정도 자제하는 노력도 필요하지만 자기의 우월감을 과시하지 아니하고 항상 겸손한 태도를 갖는 것이 중요하다. 그렇게만 되면 앞으로 자아 성찰을 통한 자기 인식을 개선 시키고 지속적인 성장을 이룩하는 데 큰 힘이 될 것이다. 더불어 남을 배려하고 이해하는 마음씨를 가지게 되면 탁월한 리더로서의 역할을 수행할 수 있을 것이다. 리더는 주변 사람들을 이끌 책임이 있으며 너그러움과 이해와 배려심을 통해 팀원들의 신뢰와 협력을 얻어 조직 내의 긍정적인 분위기를 만들고 효율적인 업무수행을 기대할 수 있다. 더 나아가 사회적으로 타인과의 협력을 통해 자기가 하고자 하는 목표를 이룰 수 있으며 인정받고 존경받는 사람으로서 모든 이들과의 인간관계 형성에 최대의 협력을 도모할 수 있다. 그래서 지구상에서 따뜻한 사랑의 대화를 통해 인류의 화합과 평등과 평화, 인종차별의 철폐를 부르짖고 헌신적인 봉사의 선구자 역할을 수행한 지도자들이 오늘날까지도 세계인들에게 존경받는 이유는 너그러운 포용력과 강력한 리더십이 있었기 때문이다.

남아프리카공화국의 정치인으로서 인종차별과 불평등에 맞서 싸웠던 넬슨 만델라는 감옥에서 27년을 보냈음에도 석방된 후 신념을 포기하지 않고 화합과 평화를 이끌어 낸 남아공 대통령으로서 존경받는 인물이 되었고, 마틴 루터킹 주니어는 미국 흑인 운동가로 인종차별에 맞서 싸웠고, 평화와 대화를 통한 해결방식을 추구함으로써 노벨문학상까지 수상한 세계인권운동가로 세상의 많은 사람으로부터 존경을 받았다.

　　또한 마더 테레사는 세계적인 자선가로서 인도에서 가난한 이들을 돕기 위해 몸소 봉사 정신의 선행으로 따뜻하고 헌신적인 인물이 되어 많은 사람에게 큰 영감을 준 지도자였다.

　　이 위인들의 공통점은 오랫동안 모두가 넓은 아량과 깊은 도량의 자비와 중용의 기풍 속에서 사랑을 다듬어 온 주자들이기에 향기 어린 아름다운 역사 속에서 꽃망울을 터뜨린 것이다.

　　아량도 물건처럼 고가에 사고파는 귀한 매체로 봐준다면 어떻게 될까? 그러면 매매에 따라 값을 매길 수 있는 가치측정의 기준이 되어 모든 사람이 아량을 귀하게 여기고 잘 다스렸을 텐데. 그리되면 사람들끼리 아옹다옹 다툼도, 욕구불만도 없을 것이고 내로남불의 정당 간 입씨름도, 나라 간의 참혹한 전쟁도 없을 터, 너나 나나 할 것 없이 전 인류가 아량의 깊은 뜻을 이해하고 너그러운 배려와 사랑에 감사하며 인간다운 삶을 누리지 않았을까. 좋은 생각과 겸손한 마음을 터득하면 어긋날 일

없고 불편할 일이 뭐가 있겠는가!

    인간 모두는 잠시 잠깐 다니러 온 세상인데 그토록 잘 났다고 할 필요도 없거니와 흘러가는 물처럼 유연하면서도 너그럽게 살아간다면 세상에 훌륭한 위인은 아닐지라도 평시 다져진 그대들의 단아한 아량의 영롱한 눈빛은 인류가 존재하는 한 영원한 넋으로 남아 아름다운 빛을 발할 것이다.

엿장수 맘대로

　어린 시절을 회고하건대 코흘리개들이 골목 어귀마다 엿장수의 가위질 소리만 들리면 너도나도 집안에 헌 냄비나 숟가락을 들고 부리나케 뛰쳐나와 엿으로 바꿔 먹던 옛 시절이 엊그제 같다.

　"자~ 엿장수가 왔구나~ 낡은 숟가락이나 찌그러진 냄비~ 둘이 먹다 하나 죽어도 모르는 호박엿~"하며 외치는 이웃 엿장수 아저씨의 걸쭉한 목소리에다 '싹~뚝 싹~뚝 싹~뚝' 엿가락을 자르는 듯한 가위질 소리가 마을 언저리를 울리고 나면 동네 꼬마들이 우르르 구름같이 몰려와 마치 마을에 무슨 어린이 잔치라도 벌어진 양 떠들썩하다.

　몰려든 올망졸망한 꼬마들이 침을 삼키며 엿장수 주위를 서성거리고 있노라면 엿을 자르다 말고 남은 부스러기 몇 조각을 던져주며 "옛~다 먹어라~ 그 대신 집에 가서 헌 양은 냄비 꼭 가지고 나와야 해~ 알았지~?"은근히 꼬드기던 이웃 엿장수 아저씨의 밉지 않은 장난기가 지금도 눈에 선하다. 특히 그 당시 필자가 엿이 얼마나 먹고 싶었으면, 얼떨결에 부엌에서 쓰던 성한 냄비까지 들고나와 엿 바꾸려다 들켜 부모님으로부터 호되게 맞았던 일이 지금도 잊혀지지 않는다.

　황혼길에 들어선 지금, 엿에 대한 이런저런 일들을 돌이켜 볼 때 이웃집 엿장수만큼 다정다감했던 사람은 어디에서도 찾을 수가 없다.

천진난만했던 시절에 꼬마들이 무턱대고 엿 먹고 싶은 생각에 낡은 양은 냄비를 들고나오면 양은 몇 그램에 엿 몇 그램이란 저울의 수치도 없이 그냥 뚝뚝 잘라 떼어주던 후덕한 엿장수의 마음씨가 지금도 잊지 못할 추억의 한 토막으로 남아 있다. 그저 엿 몇 조각 주는 대로 입에 넣고 우물거리면 특유의 달콤한 맛에 나도 모르게 입꼬리가 자동으로 귀에 걸리곤 했었다. 그래서 아낌없이 제멋대로 주는 '엿장수의 맘대로'란 표현을 지금도 거부감없이 받아들이고 싶다. 이렇듯 수긍할 수 있는 언어라면 엿장수 마음처럼 우리의 마음도 이제 후덕한 인심에 이웃에게 배려하고 사랑을 나눌 정도의 성숙함이 몸에 배어 있어야 하지 않겠는가. 그래서인지 누구는 농담으로 "엿장수가 하루에 가위질을 몇 번 하냐?" 물으면 옆에서 "엿장수 마음대로"라고 대답하는 우스갯소리는 가끔 주위의 분위기를 부드럽게 만드는 역할도 한다. 그래서 서로 간의 어색한 분위기를 해소하는 데 큰 도움이 되기도 한다.

이러한 표현들은 누구나가 웃고 즐기고 기분을 푸는 데 좋은 약이 될 것이고 상호 간에 가깝게 다가서는 절호의 계기가 될 수 있음이다.

순수한 어린 철부지 마음에도 엿장수를 볼 때마다 엿 리어

카 위쪽에 판을 갈고 한쪽에는 가락엿이, 또 한쪽에는 판으로 된 엿이 올려 있고 그 엿판 아래는 고물들이 잔뜩 실려 있는 것을 보면 '오늘은 엿장수 아저씨의 수지맞은 장사구나.'라고 자기 일처럼 흐뭇해지곤 했었다. 이것은 아마도 그 당시에 달콤한 사랑의 엿으로 우리를 즐겁게 해주던 이웃 아저씨의 행복을 비는 진심어린 나의 동심이었을지도 모른다.

지금도 가끔 모든 이들이 우리 어릴 때의 엿장수처럼 포근하고 달달한 인심으로 이웃과 함께 오손도손 사랑을 나누며 살맛 나는 세상을 살아봤으면 하는 마음이 간절할 때가 있다. 이것은 어디까지나 정연한 질서 속에 사랑의 대화를 통해 예의와 도덕심이 스스로 이루어질 때 가능한 것이리라. 따라서 엿장수의 맘대로 인심처럼 구애받지 않는 봉사와 배려가 믿음을 낳을 때 불의와 불평과 증오는 슬며시 꼬리를 감출 것이다. 우리가 보통 때 기본적 예의나 질서도 없이 주먹구구식으로 자기 맘대로 행하는 행위를 두고 '엿장수 맘대로'란 말을 자주 사용한다. 그런데 언제부턴가 '엿장수 맘대로'란 말이 부정적인 말로 변질되어 씁쓸하기 짝이 없다.

현시대는 독불장군식으로 무슨 일이든지 남의 옳은 의견이나 주장은 묵살하고 자기 맘대로 끌고 가는 자들이 판치는 세상이라 문제의 심각성이 있다. 이러한 독단적인 행동은 누구에게나 반감을 사게 되고 인격모독으로 오해를 사게 되는 등 사회의 발전을 저해하고 있어 매우 염려스럽고 안타깝기 그지없다.

안하무인의 난장판으로 만들어 놓고는 오히려 책임회피나 하고 자기 과오는 묵인해 버리려는 가당치 않은 지도자들이 거리를 활보하고 있다는 것이 참으로 개탄스럽다. 남의 마음의 상처를 치유하기는커녕 자기 맘대로 안되면 방해하고 비토하는 선동자들이 설치고 있으니 실망할 수밖에 없다.

오늘날 거친 파도의 물결을 감당해야 할 시대의 지도자들이 타협 없는 독주로 판을 치고 있어 어쩌면 하고자 하는 일이 거대한 파국을 맞을까 심히 우려스럽다. 이것은 어디까지나 지도자가 제 맘대로 내린 갑질의 독단적 명령이나 방침이다. 융통성도 없고 반인륜적이어서 기관이나 기업의 발전을 저해하는 막가파 방식이기 때문이다. 우리는 이런 갑질을 그냥 방관해서는 아니 되며 사전에 정도의 길을 걷도록 제도적 장치가 시급히 마련되어야 함은 물론 갑질의 강압적 지시나 명령이 아닌 수평적 사고의 협력으로 정해진 결단을 창출해 낼 수 있는 건전한 조직의 개선이 필요하다.

자기 맘대로 '무조건 뒤따르라'하는 갑질의 명령이나 지시는 무의미하며 일관성 없는 룰이나 피동적 태도는 구태의연한 구시대의 유물이다. 헤치고 나갈 용가마저 꺾어버리는 독불장군식은 시대의 흐름을 짓밟는 반인륜적 행위로 결단코 용납할 수 없는 지도자상임으로 반드시 제거해야 할 사회악이다. 그리고 보면 이제야 필자가 사랑과 배려와 정의로운 '엿장수의 맘대로'의 꾸밈없는 양심적 호의가 바로 여기에 있음을 우리는 이해할 수 있으리라.

주는 것이 받는 것보다 행복하다

　본래 사람은 남에게 주는 것을 싫어하면서 받는 것은 좋아하는 습성이 있다. 옛날 못살았던 시대에는 무조건 받는 것이 제일 행복하고 좋았는데, 오늘날에는 세월이 가고 어느 정도 생활에 여유가 생기다 보니 주는 것이 받는 것보다 행복하다는 것에 공감이 간다. 생활이 어려운 이웃과도 먹거리가 있으면 있는 대로 없으면 없는 대로 나누어 먹는 인정은 순수한 사랑에서 비롯된 현상이다. 꼭 생활이 풍족하다고 해서 남에게 주고받는 것은 아니다.

　풍족하지 않더라도 나누고 싶은 마음과 자기 삶에 감사하는 마음이 한데 어우러져 있고 작은 것과 적은 것 속에도 삶의 향기인 아름다움과 고마움이 스며있으면 행복한 사람이다. 누구든 후대하거나 배려하고 친절을 베풀었을 때는 자기만족에 의해 행복해지는 것이다. 남을 사랑할 때 그 사람이 나를 사랑하는지 않는지를 따지지 않고 스스로 먼저 사랑하면, 이는 주는 것이 받는 것보다 더 행복하다고 할 것이다. 남을 사랑하는 것은 나의 덕이요 남에게 사랑받는 것은 내 덕이 아니라 남의 덕이다.

　남에게 감사함을 전할 때도 감사를 받는 것보다 주는 것이 행복하다고 해야 할 것이다. 내가 계속 감사하다고 하면 상대가 기분이 좋아지고 나 역시 따라서 기분이 더 좋아진다. 그러기에 더 큰 혜택을 받는 쪽은 다름 아닌 먼저 감사를 표시한 사람이다. 이는 그 덕이 바로 나에게 돌아오기 때문이다.

제니슨 캐플런은 『감사하면 달라지는 것들』 중에서 "남에게 베풀면 기분이 좋아지고 이는 궁극적으로 자신에게 이익이 되는 일이다. 자주 감사해하면 긍정적인 기분이 형성되고 그러면서 뇌 경로가 강화되어 다시 더 긍정적인 기분이 생긴다"라 했고, 키케로는 "감사하는 마음은 최고의 미덕일 뿐만 아니라 모든 미덕의 아버지다."라고 할 만큼 감사의 의미를 중시한 것이다.

사랑과 감사뿐만 아니라 상대를 먼저 칭찬하면 좋아서 그 사람도 나를 칭찬하게 되는 것도 당연하다. 어떻게 보면 모든 것이 결국 '주는 것이 받는 것이다'라고 해도 틀린 말은 아닌 성싶다. 무엇을 남에게 주더라도 생색을 내지 않고 주어야 주는 만큼 보람이 있는 것이다. 왜냐하면 받는 사람이 주는 데 대한 대가를 바라는 것처럼 되어버리면 좋아할 이가 없고 오히려 마음을 상하게 만들 수도 있다는 점을 늘 염두에 두어야 한다. 안 주는 것만 못한 모양새가 돼서는 아니 된다.

순간 자기가 주고 싶어 주고는 준 것을 후회하는 다혈질인 사람이 있다고 하면 상대는 받기를 꺼릴 수도 있다. 더군다나 평시 받을 줄만 알았지 남에게 베풀 줄 모르는 인색한 사람이 준다면 받는 사람은 분명히 어떤 조건이 숨어있으리라는 선입감에 즐겁게 받기를 주저한다. 이를 해소시키기 위해서는 평소 내가 먼저 사랑과 친절을 베풀면서 감사함을 전할 수 있는 자신의 역량을 키워가야 한다. 또한 스스로 남을 보살펴 주는 마음인 헌신과 사랑, 봉사와 배려, 양보와 양심의 고귀함을 삶의 지혜로 삼으며 지나간 아쉬움이나 미련은 그리움으로 간직하고 오늘이 있으니 내일 또한 그렇게 밀고 가면 될 것이다.

조금만 더 주위의 눈을 뜨고 보면 고된 어려운 삶을 살아가는 이들을 위해 써 달라고 년 말마다 매년 주민센터 앞에 거액의 돈을 몰래 놓고 가는 얼굴 없는 천사도 있고, 어려운 아이들의 장학금으로 써달라고 꼬깃꼬깃 모았던 돈을 내놓는 노점상 80대의 할머니도 있으며, 부모 없이 동생들을 돌보는 초등생 여가장이나 매일 자유롭지 못한 장애아동을 위해 자발적으로 아낌없이 내놓는 자선가들의 눈물겨운 보살핌과 봉사는 그들에게 잊지 못할 은인이며 영원한 구세주가 되고 있다. 그들은 받는 것 없이 일방적으로 도움을 주기만 하면서도 큰 행복이며 최고의 영광으로 여기는 천사들인 것이다.

이들에 비하면 우리가 평시 주고받는 마음은 그저 보통 즐거움이지 행복이란 말까지 쓰기엔 너무나 미약하고 작아 보인다. 그래도 평상시 주고 못 받는 것보다는 서로 주고받는 편이 조금은 행복하겠지만 이보다는 생활이 어려운 사람을 위해 일방적으로 주는 것이라면 의미 있는 일로써 먼저 주는 것이 받는 것보다는 훨씬 더 값진 행복이다.

요즈음은 물이 아래로 흐르듯이 부모자식 간이나 사제지간,

직장 상사와 부하들까지도 일방적인 내리사랑뿐이지, 옛날같이 윗사람에게 존경으로 우러러보는 사랑은 찾아보기 어렵다. 이것은 오로지 오랜 세월과 시대의 흐름에서 달려온 인식의 차이가 아닌가 싶기도 하다. 남에게 주고받는 행복을 키우려면 자신을 사랑하고 남은 배려하는 것부터 배워야 한다. 우선 자기 연민에 사로잡히지 말아야 하고 자기 자신을 지나치게 불쌍히 여겨 무력하고 절망적인 사람이란 감정을 가져서는 아니 된다. 사소한 행동에도 상처를 받고 발끈해서도 아니 되며 자기를 최우선시하고 자기 기분이 상하는 것을 참지 못하거나 남에게 소홀한 대접을 받는다는 지나친 의식을 가져도 아니 되며, 필요 이상으로 예민한 감정을 갖거나 스스로 자존감이 높다고 여겨서도 아니된다.

자기 자신을 몰라도 너무 모르기에 주위 사람들이 얼핏 자신을 사랑하고 있는 것처럼 보이지만 정작 자신을 존중하지도, 소중한 존재로 여기지도 않고 있는지조차도 모른다. 그래서 자기 자신을 '불쌍한 사람'으로 인식하고 결핍되고 상처받았기에 돌봐주어야 한다는 자기 망상이 꼬리를 물러댄다. 여기에서 빨리 탈피해야 한다. 그렇지 않으면 남을 도와주어야 한다는 생각은 엄두도 내지 못한다. 우리 모두가 늘 남에게 도움받고 싶은 연민에서 벗어나 어려운 이웃들을 돕는 아름다운 사랑의 천사가 되기를 간절히 원하는 바이다.

쭉정이

'콩 심은 데 콩이 나고, 팥 심은 데 팥이 난다' 무엇이 나든 그것의 씨앗이 그것의 열매를 맺는 것이다. 하지만 아무리 많이 심어도 아무것도 나지 않는 것이 있다. 이것이 '쭉정이'다. 씨앗 속에 아무런 에너지가 들어있지 않은 이미 죽어버린 껍데기인 쭉정이는 아무리 심어도 싹이 나오지 않는다.

농부는 농사 때면 바람이 부는 곳에서 체를 치며 튼실한 씨 앗과 껍데기 쭉정이를 분리하여 버리곤 한다. 왜냐하면, 속에 알맹이가 들어있지 아니한 쭉정이 껍질은 쓸모가 없기 때문이다. 그래서 우리는 보통 인간 구실을 제대로 하지 못하고 쓸모없는 인간을 쭉정이라고 부르는 이유다. 행동거지를 잘못하거나 말실수를 저지를 때 흔히 쭉정이 바보 취급을 받는다. 분수없이 나오는 말 중에 "야~ 이 골 빈 놈아~ 나를 핫바지 쭉정이로 아냐! 쓸데없는 헛소리만 지껄이고 있어." 이런 욕설은 어언 간에 인간 구실도 제대로 못 하는 자가 스스로 결점을 덮으려는 핀잔의 소리다. 이렇듯 누구든 허구한 날 빈 껍데기 바보라고 한다면 그 자체가 쭉정이가 되는 것이다.

예의도 없이 함부로 쭉정이라고 욕설을 퍼붓는 자는 상대방에 대해 모욕을 주는 행위로서 자기 얼굴에 침 뱉기며 나 스스로 바보 쭉정이로 만드는 격이다.

진실한 자기의 깨달음은 밖에서 오는 것이 아니라 항상 마음 속에서 피어남이다. 남을 생각지 않고 쓸데없이 빈정거리거나 업신여기는 자는 실속도 없으면서 겉치레만 번드르한 알맹이 없는 속 빈 강정의 인간이거나 속임수에 능한 사기꾼으로서 가벼운 사소한 일일지라도 신뢰성이 떨어져 누구에게나 쉽게 믿음으로 다가가지 못한다.

농담을 하더라도 때와 장소를 가려서 해야 하고 진실성이 담겨 있어야 거짓 없는 사람으로 인정받는다. 마음에도 없는 겉웃음은 상대방이 비웃음으로 받아들여 오해와 노여움을 살 수 있다.

확인도 하지 않고 알맹이 없는 헛소문을 퍼뜨리는 언행도 상대방을 농락하는 쭉정이의 일환이다. 시답지 않은 왜곡된 헛심과 허세, 내숭은 쓸데없이 떠다니는 뜬구름과 같아서 어디에 머물지 몰라 불안감을 준다.

〈내 마음 나도 몰라〉의 노랫말처럼 자기의 허한 마음인들 어찌 다 알 것이오만, 자기가 자기 마음을 모른다는 것은 어떻게 보면 무책임한 소리 같으나, 실상은 평범하면서도 참이 깃든 틀림없는 진리다.

물결에 씻긴 조약돌처럼 닳아질 때로 닳아빠진 세상에 겉치레의 거죽만 보려는 맹점은 불의의 어리석음만 키워 부질없는 난관에 봉착하게 한다.

쭉정이 하면 왠지 허대만 좋았지, 실상은 허울 좋은 개살구처럼 아무런 권한도 실속도 없는 빈껍데기 허수아비라 해도 지나친 말이 아니다.

우리가 평시 주의해야 할 점은 알맹이가 없으면서도 있는 척하는 껍데기 쭉정이의 행동은 반드시 배척해야 하고 고쳐야 할 삶의 선제조건이다. '잘 나지도 못하면서 잘 난 척, 알지도 못하면서 아는 척'하는 사람들은 누구나 '콩으로 메주를 쑨다'해도 믿지 못한다. 이렇게 '척'하는 자들은 대부분 거짓말의 주머니를 달고 다니는 망나니이며 알맹이 없는 쭉정이들이다. 내 마음 나도 모르는 쭉정이 속에 푹 빠져 휘말리고 있는 것은 아닌지 자주 되돌아보아야 할 필요가 있다.

사회생활에 있어 자기 할 일도 제대로 못 하면서 볼썽사나운 불평불만만 널어놓는 것은 아닌지, 부당한 사리 판단을 하고 있지는 않은지, 남을 쓸데없이 괴롭히거나 비난하거나 헐뜯는 행동은 아닌지, 정말 정당한 대가를 받으며 사람다운 삶을 누리고 있는지 등을 항상 염두에 두고 주의하지 않으면 언제든지 남에게 알맹이 없는 빈 쭉정이 대접을 받을지도 모른다.

그뿐인가. 아무 생각 없이 부모에 매달린 캥거루족, 부모의 재산만을 노리는 철면피의 불효자식이, 남에게 이익만 보려는 약삭빠른 기회주의자, 약자만 노리는 사기꾼 등은 모두가 알맹이 없는 껍데기만 뒤집어쓴 순 쭉정이들이다.

쭉정이들이여. 우리가 배고플 때 제시간에 끼니를 채우지 못하면 헛헛증 소리가 있고, 빈 깡통을 두드리면 나오는 깡통 소리가 있으며, 종근을 건드리면 종 공간에서 울려 나오는 종소리가 있듯이 쭉정이들의 진실한 마음에서 우러나오는 열망의 종소리를 듣고 싶구나!

쓸모없는 빈 쭉정이라고 하여 정말 자기 스스로 믿는 쭉정이는 아닐 터이니 여명의 새 아침을 맞듯 창공을 향해 심호흡을 하고 나서 야심 찬 희망의 날개를 한 번 쭉~ 펴 보자! 그러면 하늘은 스스로 돕는 자를 돕는다고 하지 않던가.

칭찬의 미덕

　　일상에서 칭찬이란 아주 사소한 것 같지만 어떤 말은 상대에게 꿈과 용기와 희망을 주기도 하고 어떤 말은 비웃음으로 들려 오히려 기분을 상하게 하거나 분노와 절망을 안겨주기도 한다. 그러기에 칭찬은 진실을 담은 아름다운 그릇이 되어야 한다. 별 것 아닌 칭찬의 말 한마디가 사람들에게 깊은 감동을 주어 사기를 살리고 지혜와 능력을 키운다. 더욱이 상대방의 입장을 헤아려 주는 칭찬은 하루의 기분을 상승시켜 어려운 일도 잘 풀리게 만든다. 항상 사람을 변화시키려면 비록 작은 일일지라도 격려와 칭찬을 아끼지 말아야 한다.

　　데일 카네기는 "작은 물결이 모여 큰 물결이 되고 그 힘은 일찍이 꿈꾸지도 못했던 거대한 제방을 무너뜨린다."라고 했다. 정을 쌓는 데는 수십 년이 걸리지만 무너뜨리는 데는 1분밖에 소요되지 않는다고 한다. 진정코 칭찬으로 정을 쌓으려면 모든 이들이 친구처럼 서로서로 마음을 열고 따뜻한 가슴으로 신뢰를 구축해야 한다. 상대방의 입장에서 헤아려 주는 말 한마디가 천 냥 빚을 갚는다고 한다. 상대에게 큰 칭찬이 아니더라도, 감싸는 마음으로 위로하고 격려하여 난관을 극복할 힘과 용기를 준다면 이는 천 냥 빚을 갚는 것이나 다를 바가 없다. 그러나 칭찬이라고 아무 말이나 함부로 내뱉다 보면 담지 못할 오해로 오히려 '입은 몸을 치는 도끼로, 몸을 찌르는 날카로운 칼날로' 상대의 가슴에 상처를 입히는 결과를 초래하기 쉽다.

인간관계는 유리그릇과 같아서 조금만 잘못 다루어도 깨지고 사소한 말 한마디에 못을 박고 원수지간이 되어버리는 수가 있다. 웃는 얼굴에 침을 뱉지 못한다. 먼저 미소로 호감을 갖고 대하는 사람에게는 평시의 미움도 모두 사라져 버린다. 여기서 먼저 "정말 잘했다. 넌 최고다" "세상에 너만 한 사람도 별로 없어. 너 말고는 해결이 어려워."란 매콤한 양념의 격려와 칭찬을 곁들인다면 더할 나위 없이 맛깔스러운 푸짐한 성찬이 될 것이다.

상대의 감정을 상하지 않게 하면서 자기 행동을 교정하는 방법 중에 "진심으로 우러나오는 감사의 말부터 시작하고, 비록 적은 일일지라도 아낌없이 칭찬해 주라"는 카네기의 충고가 언제나 나의 마음에 공감으로 와닿는다.

사람들은 때때로 거짓말인 줄 알면서도 칭찬을 즐긴다. 그렇지만 덮어놓고 칭찬해서도 아니 되며 기쁘고 꾸밈없는 참된 칭찬을 할 줄 알아야 한다. 사람들은 대부분 자기를 칭찬해 주는 사람들을 칭찬한다. 말하자면 칭찬이 칭찬을 낳는 법이다.

'고슴도치도 제 새끼가 함함하면 좋아한다'란 말이 있다. 칭찬을 받지 못할 것도 칭찬만 해주면 좋아한다. 그렇다고 칭찬을 무조건 좋아해서도 아니 된다. 칭찬은 인간을 교만하게도,

또 겸손하게도 한다. 개중에는 칭찬을 교묘히 이용한 거짓이나 사기도 있을 수 있고 자기가 칭찬받고 싶어서 일부러 착한 척하는 약삭빠른 변태도 있을 수 있다. 그래서 좀 지나친 말일지 모르지만 칭찬을 잘하는 사람을 방심하지 말라는 말도 있고, 항상 건성으로 칭찬하는 사람은 범인의 표적이 될 수 있다는 경고도 있으며, 꿀 바른 칭찬은 결국 쓸개즙과도 같은 마음의 울림도 있다. 그러기에 올바르게 칭찬한다는 것은 비난하는 것보다 더 어렵다는 말이다. 현명한 사람은 흉을 보거나 칭찬을 할 때는 그가 없는 데서 절대로 하지 않는다고 한다. 곁에 있다고 하더라도 일미지언(溢美之言), 즉 너무 지나친 칭찬은 삼가야 한다는 것이다.

자화자찬(自畵自讚)은 하지 말고 진정으로 남에게 칭찬을 받도록 해야 하며 칭찬은 남이 해주는 것이지 제 입으로 하는 것이 아니다. 칭찬을 받는 것보다 칭찬받을 만한 행동과 가치가 더 중요하다.

하이네는 "나는 행위를 칭찬하지 않는다. 내가 칭찬하는 것은 인간의 정신이다. 행위는 정신의 겉옷에 지나지 않는다"라 했고, 베이컨은 "자기 자신을 칭찬하는 것은 극히 드문 경우를 제외하고는 흉한 일이다. 그러나 자기의 업무나 직업을 칭찬하는 것은 점잖고 일종의 아량을 보이는 것이 된다"라 했다. 자신을 칭찬하는 것은 허울에 불과할 뿐이다. 자기를 칭찬하려거든 차라리 자기가 성심껏 임하고 있는 담대한 일을 성사했을 때 칭찬하는 것이 순수성을 살리는 일이기도 하다.

우리가 매일 수염을 깎아야 하듯 진솔한 마음도 매일 다듬지 않으면 안 된다. 한 번 청소했다고 해서 언제까지나 방안이 깨끗한 것은 아니다. 우리의 마음이 한 번 반성하고 좋은 뜻을 가졌다고 해서 늘 우리 마음속에 남아 있는 것도 아니다. 어제 먹은 뜻을 오늘 새롭게 하지 않으면 그것은 곧 우리를 떠나고 만다. 그러기에 어제 칭찬에 대한 좋은 뜻을 몸소 간직했다 하더라도 이를 매일 몇 번이고 마음속에 새기며 되씹어 봐야 한다.

이왕 뜻깊게 칭찬하려거든 차라리 무릎을 치고 탄복하며 칭찬하는 것이 스스로의 기분도 살리고 동시에 상대의 열정적 사기의 날개를 달아 주는 격이 되어 훨씬 효과적이다. 만구성비(萬口成碑)란 말이 있다. 만인의 입이 비석을 이룬다 함이니, 이는 곧 '여러 사람이 칭찬하는 것이 송덕비를 세우는 것과 같다'는 뜻이다.

그만큼 여러 사람에게 친절과 칭찬을 베푼다는 것은 그 대가가 반드시 자기에게 돌아온다는 뜻일 것이다. 배려하고 칭찬해서 남주나? 아름답게 거둔 칭찬의 씨앗은 싹이 터 언제나 즐거운 행복의 열매를 맺게 하는 것이다. "말은 내일, 아들은 수염이 난 뒤에, 딸은 시집보내고 나서 칭찬을 해줘라. 그러나 자기 자신은 언젠가 돼도 칭찬을 해서는 안 된다"는 핀란드의 속담은 기본 가훈을 중시한 가르침일 것이다.

칭찬받고 좋아하는 것은 못난이의 일이지만 잘난 이도 칭찬하면 좋아한다는 것이니 모두 다 상대를 공격하지 말고 서로 배려하고 아낌없는 칭찬으로 명랑한 분위기를 조성하는 것이 우리 사회의 일원으로서 당연히 해야 할 책무가 아니겠는가!

통박 굴리기

통박이란 단어의 어원은 어떤 것일까?

가끔 '통박을 잰다' 또는 '통박을 굴린다'는 말이 주변에서 사용될 때마다 궁금증이 더해진다. '통박'이란 단어의 어원은 우선 '박(박科)의 한해살이 덩굴풀, 또는 그것의 열매'라는 것부터 이해하여야 한다. 이러한 '박'을 잘라 속을 제거하고 말려서 '바가지'를 만드는데 그 둥근 모양이 마치 사람의 머리통처럼 생겼다 해서 '통박'인데, 여기에 동사를 붙여 '통박을 잰다' 또는 '통박을 굴린다'고 하면 '그럴 것이란 예측이나 머리를 짜낸다'라는 통상적인 의미가 아닐까? 이를 속된 말로 고상하게 표현하면 염두판단(念頭判斷)이다.

깊이 생각해 보면 그것이 달성 가능할 것인지, 달성하기 위해 얼마나 큰 어려움을 겪을 것인지를 어림짐작으로 대충 알 수 있다는 말이기도 하다. 그러나 박과 바가지의 둥근 모양은 비슷하겠지만 각각의 크기만은 알 수가 없다는 것이다. 왜냐하면, 지붕 위에서 자라나는 박의 크기와 그로부터 만들어지는 바가지의 크기를 알려고 하는 것은 어디까지나 예측일 뿐이지 정확히는 알 수가 없기 때문이다. 그 박이 불규칙한 타원형인 이유도 있지만, 정해진 크기의 수치를 가릴 수도 없고 음지에서 마르며

수분함량이나 두께에 따라 각기 다르게 수축되어 있어 만든 바가지와 재료인 박의 크기와는 상당한 차이가 있을 수 있다.

그래서 불확실한 예측에서 '통박을 잰다'라는 말이 여기에서부터 나오게 된 동기가 아니었나 싶기도 하다. 그럼으로 '통박을 잰다'는 말은 필요한 지식이나 지혜를 갖추지 못한 채 어떤 일을 하고자 심각하게 고민한다 해도 옳은 결론을 내기가 매우 어렵다는 뜻이기도 하다. 그런고로 당면한 일에 나름대로 머리를 쓰고 애타게 고민하는 일이기에 어딘지 모르게 굳은 의지와 담대한 열정이 엿보이는 대목이다.

지식과 능력은 부족하지만 그래도 노력을 다하기 위한 '통박 굴리기'라면 굳건한 열정적 의지가 담긴 마음의 결정이라 할 것이다. 이렇듯 실행에 앞선 '통박재기'란 장래가 불확실하지만 그래도 미래를 향한 도전적 의지의 예측이란 점에서 적극 호응할 만도 하다.

'통박(머리) 굴리기'로 어려움을 극복하고 불확실한 미래의 일들을 어림짐작으로 예측하고 판단한다는 것은 결코 쉬운 일이 아니지만 그 가치판단의 성취감이라면 값진 경험이 될 법도 하다.

어떻든 시작에 앞선 '통박 굴리기'는 어쩌면 미래의 일에 예측으로 가능하다고 믿고 긍정적이고 열정적인 인내와 경험을 맛볼 수 있는 절호의 기회일 수 있다. 이처럼 모든 일은 우선 '통박 굴리기'로 미래의 일을 예측 판단하여 실행에 옮기려는 참된 열정이라면 얼마나 보람 있는 일일까마는 진정한 뜻의 '통박 굴리기'를 무시하고 남을 업신여기거나 어렵사리 모은 남의 재물을 함부로 탐하는 사기꾼이나 위장된 진실과 정의를 왜곡시키는 음흉하고 얄팍한 '잔머리(통박) 굴리기'라면 심히 가슴 아픈 일이 아닐 수 없다.

오늘날 '통박 굴리기'의 정당한 의미는 어디 가고 흙 범벅이 된 '잔머리(통박) 굴리기'가 불신의 대상이 되고 있어 진실된 앞날은 요원해 보인다. 그래서 '잔머리(통박) 굴리기'로 사회적 물의를 조장하는 쓸모없는 잡배들의 활동을 뿌리 뽑고 조속한 안전장치의 실현만이 평온하고 밝은 사회를 이룩할 수 있는 길이 될 것이다.

'통박 굴리기'를 자기 노리개로 여기는 어리석은 자들이여! 내가 지금 무엇을 위해 '통박 굴리기'를 하고 있는가를 한 번쯤 뒤돌아 생각해 볼 필요가 있다. 아집과 편견은 물론 남을 속이거나 을러대고 비난하는 행동을 하고 있는 것은 아닌지, 어떤 룰이나 원칙을 무시해버리고 잔머리를 굴리고 있는 것은 아닌지 말이다. 그래서 옳은 일이 아니라면 무모하게 행동하지 말 것이며 정당한 도리라고 인정되면 꾸짖는 진실한 양심의 소리를 더욱더 귀담아들어야 한다. 그리고 '잔머리를 굴리기'로 남을 해치는 위험천만한 불장난은 이제 그만 집어치우고 그간의 온갖 저질러 왔던 가당치 않은 행동거지로 남을 병들게 한 구겨진 잔재의 마음이 아직 어느 한구석에라도 남아 있다면 지금 당장 말끔히 털어버리고 새 출발 할 것을 강력히 권고한다.

아울러 무법천지의 정치판이나 공직자들에게도 한마디 던지고 싶다. 반드시 지켜야 할 약속인 공약(公約)을 버리고 속임수 '잔머리 굴리기'의 공약(空約)으로 일관한다면 종국에는 국민을 우롱하는 죄인이요 국익을 해치는 약삭빠른 기회주의자일 것이다. 그렇다면 국민들 앞에 그 죄를 사죄하고 개과천선(改過遷善)할 것을 간곡히 요구한다. 또한 실없이 얼토당토않은 '잔머리 굴리기'의 가짜뉴스로 사회를 혼한시키는 어떠한 행위도 더 이상 용납되어서는 아니 된다.

통박(머리) 굴리기는 어디서든지 함부로 아무나 사용하는 말의 도구가 아니다. 이는 긍정적이고 열정적인 사랑과 배려는 물론이고, 정당한 룰이나 원칙을 지키며 진실을 승화시키는 사람만이 가질 수 있는 특권이며 전유물인 것을 똑똑히 기억해야 할 것이다.

프레임의 법칙

　프레임(frame)이란 '창틀'을 의미하지만 여기서는 '관점'이나 '생각의 틀'을 말함이다. 똑같은 상황이라도 어떠한 틀을 갖고 상황을 해석하느냐에 따라 사람들의 행동이 달라진다는 것이 프레임의 법칙이다. 즉, 인간이 성장하면서 생각을 더 효율적으로 하기 위해 생각의 처리방식을 공식화하는 것을 뜻한다.

　인간은 어떤 조건에 대하여 거의 무조건적으로 반응하는 경향이 있기 때문에 프레임을 '마음의 창'에 비유하곤 한다. 이는 어떤 대상 또는 개념을 접했을 때 어떠한 프레임을 갖고 있느냐에 따라서 그 해석이 바뀌기 때문이다.

　사실이라고 단정하였던 일이 사실이 아닐 때와 지극히 잘못된 판단력이 날카로운 화살이 되어 타인의 심장을 찌르게 되고 그 순간이 지나고 나면 엄청난 후회와 슬픔과 좌절을 안겨주게 된다.

　인도의 시인 타고르가 한 하인을 두었는데, 어느 날 하인이 세 시간이 지나도록 집에 오지 않았다. 화가 머리끝까지 치민 타고르는 해고하겠다고 단단히 벼르고 있었는데, 잠시 후 하인이 허겁지겁 달려왔다.

타고르는 그 연유를 묻지도 않고 대뜸 "이놈아~ 어서 이 집에서 당장 나가!"라고 벼락같이 소리를 질렀다. 그러자 하인은 머리를 조아리며 "죄송합니다. 어젯밤에 딸아이가 죽어서 아침에 묻고 오는 길입니다." 하고는 눈물을 흘렸다. 그때 타고르는 그 모습을 보고 남을 몰라라 하고 자신의 입장만을 생각하는 인간이 얼마나 파렴치하고 잔인한가를 몸소 배웠다고 한다.

이 대목에서 우리가 세상을 살면서 사람에 대해 화가 나고 미움이 생길 때 잠시 상대의 입장에서 조금이라도 생각해 보는 역지사지의 지혜를 가졌으면 얼마나 좋았을까, 라는 바람을 갖게 한다.

우리가 평소에 타인에 대하여 어떻게 생각하느냐의 문제는 상대를 어떤 관점의 각도에서 바라보느냐에 달려 있다. 그러기에 평소 우리가 만들어 놓은 창틀 안에 상대를 억지로 밀어 넣는 행동은 하지 말아야 한다.

어떤 경우에서도 내 프레임 속에 상대를 끌어들이는 일도 없어야 하겠지만 우리가 모든 상황을 다 꿰뚫어 볼 수 없으나 일단은 역지사지의 마음으로 상대의 입장에서 상황을 이해하고 사연을 먼저 들어보고 판단하는 것이 상대를 위한 배려일 것이다. 언어학자 조지 레이코프는 프레임을 '특정한 언어와 연결되어 연장되는 사고의 체계'라고 정의한다. 프레임은 우리가 사용하는 모든 언어에 연결되어 존재하는 것으로 우리가 듣고, 말하고, 생각할 때 우리 머릿속에는 늘 프레임이 작동한다는 것이 그의 주장이다.

특히 모든 현대인이 정치 사회적 의제를 인식하는 과정에서 본질과 의미, 사건과 사실 간의 관계를 정하는 틀에서 삶을 영위해 간다. 요즈음 정치판에서 성행하는 선거전략으로도 프레임은 중요한 의미를 갖는다. 정치적 상황을 유리하게 이끌 때에도 프레임은 유용한 도구로 쓰이고 있다.

공자가 제자들과 진나라를 가는 도중에 쌀이 떨어져 굶게 되었다. 제자 가운데 제일 덕망 있는 제자 안회가 쌀을 구해와 밥을 짓고 있었다. 공자가 궁금하여 부엌을 들여다보다가 그만 실망하고 말았다. 그렇게 믿었던 안회가 솥뚜껑을 열고 한 움큼의 밥을 퍼먹는 것을 목격했기 때문이다. 공자가 제일 아끼는 안회가 몹시 못마땅해하면서도 제자 스스로 뉘우치게 하느라고 한마디 던졌다. "안회야, 내가 방금 꿈속에서 선친을 뵈었는데 밥이 되거든 먼저 조상에게 제사를 지내라 하시더구나."

밥을 몰래 먹은 안회는 매우 놀란 기색으로 곧장 무릎을 꿇고 공자에게 말했다. "스승님! 이 밥으로는 제사를 지낼 수 없습니다. 제가 솥뚜껑을 여는 순간 천정에서 흙덩이가 떨어졌습니다. 스승님께 드리자니 더럽고 버리자니 아까워 제가 그 부분을 먹었습니다."라고 솔직히 대답하자, 공자는 안회를 잠시나마 의심한 자기가 너무 부끄럽고 후회스러워 다른 제자들에게 이렇게 말했다. "예전에 나는 나의 눈을 믿었다. 그러나 나의 눈도 완전히 믿을 것이 되지 못하는구나. 그리고 나의 머리도 믿었다. 그러나 나의 머리도 역시 완전히 믿을 것이 되지 못하는구나. 너희는 보고 들은 것이 꼭 진실이 아닐 수도 있음을 명심하여라."라고 했다.

그렇다면 성인 공자도 이렇게 오해를 하여 이런 말을 남겼는데 우리와 같은 보통 사람들은 어떻게 행동해야 할 것인가!

귀로 직접 듣거나 눈으로 본 것일지라도 항상 심사숙고해 결정을 내리기 전에 반드시 그 사건 자체에 대해 허심탄회하게 이야기를 나누는 것은 물론, 모든 일에 섣불리 결론을 내려 평생 후회할 과오를 범해서는 아니 된다. 살다 보면 우리는 사랑할 때가 있고 미워할 때가 있다. 심하게 짜증 낼 때가 있고 마음이 느슨히 지낼 때가 있다. 우리는 그때마다 가볍게 팔랑이는 상황 판단의 착오로 실수를 범할 때가 종종 있다.

벤자민 프랭클린은 "이미 흘러간 물로는 물레방아를 돌릴 수 없다"라 했다. 이미 흘러가 버린 잘못은 아무리 후회한들 그 발자국의 흔적은 영원히 지워지지 않는다. 바라건대 우리는 항상 역지사지의 프레임으로 욕됨이 없이 멈출 곳을 알고 멈추면 평생토록 부끄럼 없는 떳떳한 삶을 살아갈 수 있을 것이다.

습관의 고리

　습관이라 하면 왜 그런지 의미가 나쁘게만 들린다. 아마도 좋은 습관보다는 나쁜 습관이 더 많아 그 고리를 끊기가 매우 어렵다는 말일 게다.

　사람은 선천적으로 선인과 악인의 구별이 있는 것이 아니라 습관에 따라서 달라질 뿐이다. 원래 나쁜 습관의 고리는 거의 느낄 수 없을 정도로 가늘어 깨달았을 때는 이미 끊을 수 없을 정도로 강인해진다. 이는 어떤 나쁜 행위를 오랫동안 되풀이하는 과정에서 저절로 익혀진 학습된 방식일 것이다.

　처음에는 우리가 습관을 만들지만, 그다음은 습관이 우리를 만든다. 습관은 습관에 정복한다. 습관이란 시간이 갈수록 뿌리를 내리는 습성이 있는데, 그중에도 나쁜 습관만은 커지기 전에 빨리 뽑아버려야 하고, 올바른 좋은 습관은 깊은 뿌리가 잘 내리도록 키워 좋은 열매를 맺을 수 있도록 정성을 다하여 보살펴야 한다.

　본래 사람의 습관은 마치 나뭇가지 위에 잎사귀가 저쪽이 지면 이쪽이 피어나는 것처럼 종잡을 수가 없을 정도로 뿌리를 뻗고 자란다. 특히 악덕의 습관은 출발부터 녹이 슬기 시작하여 영혼의 강철까지 파먹을 정도로 강력하여 옳은 길로 거듭나기가 매우 어려운 애물단지다. 그러나 효율적으로 일을 하기 위해 자란 습관은 하나의 실천적인 결과물이다. 습관을 이해하는 어린아이도 쉽게 행할 수 있는 일이지만 그것을 착실하게 몸에 배도록 행하는 것은 그리 쉬운 일이 아니다. 우리는 자꾸만 해본 대로만 하려고 하고 새로운 시도를 하지 않기 때문에 좀처럼 습관에서 벗어나지 못하고 있다. 이를 벗어나려면 과거의 내가 오늘의 나를 만들 수 있듯 오늘의 내가 내일의 나를 올바르게 만들어 가는 용기와 담력이 필요하다. 그러나 한 번도 해본 일이 없는 상황이기에 그 상황이 두려워 멈칫거리는 수도 있다. 이것은 과거에 해보지 않은 일은 오늘의 시도를 어렵게 하고 오늘 안 해본 것은 내일의 시도를 힘겹게 할 것이란 생각 때문이다.

좋은 습관과 나쁜 습관을 바꾸기 위해서는 돌이킬 수 없는 부분은 넘기고 이제라도 생활 습관의 개선을 통해 절제와 자제가 어렵더라도 자연스럽게 되도록 세팅해 보는 자세가 필요한 것이다. 자극적인 음식을 먹으면 잠시는 맛이 있지만, 시간이 지나면 속도 안 좋아지고 또 다른 자극적인 음식을 찾게 되는 것과 같은 이치다.

"개살구도 맛 들일 탓""기름 먹어 본 개 같이""빌어먹던 놈이 천지개벽을 해도 남의 집 울타리 밑을 엿본다"란 격언이 있다. 무슨 일이든지 하고 난 후로는 자주 또 하고 싶어진다는 뜻이다. 오랜 습관이 된 것은 좀처럼 떨어버릴 수가 없다. 오죽하면 요람 속에서 기억한 것은 무덤까지 잊지 않는다고 했을까! 그렇다 하더라도 좋은 습관은 적극 장려해야 할 일이지만 나쁜 습관은 내일보다는 오늘을 극복해가는 것이 쉬운 일이다. 나쁜 습관은 보존하는 것보다는 깨뜨려 버리는 게 낫다.

어떤 친구 몇몇이 모처럼 여행길에 올랐다. 그런데 그중에 불면증이 있어 아무 데서나 잠을 이루지 못하는 친구가 있었다. 그 친구가 그날 밤에 장거리를 달려온 탓인지 몹시 피곤하여 안락의자에 기대어 그만 잠이 들어 버렸다. 얼마 후에 갑자기 잠자리에서 벌떡 일어나더니 자기 조끼 주머니를 뒤지는 것이었다. 그러고는 무슨 약통을 꺼내며 "야~ 큰일 날뻔했네. 하마터면 수면제를 먹지 않고 잘뻔했잖아." 하더니 부지런히 약을 먹고 나서 다시 잠을 자는 것이었다. 이 친구는 잠을 잔다고 하더라도 약 먹는 버릇만은 버릴 수 없는 습관이다. 잠결에도 먹어야 한다는 절박감과 의무감이 작용한 습관의 결과다.

어떻든 습관은 나무껍질에 글자를 새기면 그 나무가 커감에 따라 글자가 확대되는 것과 같다. 습관이 날이면 날마다 자꾸자꾸 변화하는 것은 우리 생활에 있어서 기본적인 일이다. 그래서 습관은 제2의 천성이라고도 한다. 그러기에 습관은 끊기가 어려운 고리로서 끈질긴 뿌리라고도 부르지만 습관이야말로 만물의 왕이라고도 칭한다.

지나온 습관을 자신의 의지로 소화함으로써 새로운 습관의 눈이 열리고 귀가 트인다. 남의 눈을 빌려 나 자신을 냉엄하게 바라보면, 옳고 그른 습관은 내다보인다. 그러기에 나를 위한다면 주위에서의 습관의 진실한 충고나 충언을 고맙게 받아들이는 아량과 용기가 필요하다. 그러면 내 안에 있는 삶의 습관을 제대로 관조할 수 있어 자기 자신의 과오나 오점을 제대로 인식하고 관리하여 교정해 나갈 수 있는 계기가 될 수 있음이다.

자기 일생의 막이 내리기 전에 좋지 못한 습관은 굽이굽이 흐르는 강물이나 서슴없이 불어대는 바람에 몽땅 날려 보내고, 가벼운 마음으로 충만한 기쁨의 날개를 쭉~ 펴고, 높고 파란 가을 하늘을 향해 마음껏 훨훨 날아 보는 것도 나쁜 습관의 고리를 끊어버리는 스스로의 굳은 다짐일 수도 있다.

꼼수를 즐기는 사람들

어떤 어려운 일을 하려고 할 때 "무슨 좋은 수가 없을까?" 궁리하게 된다. 여기서 좋은 '수'란 일을 원만히 해결하는 방법을 말한다. 아울러 '수'에 '꼼' 자를 붙인 단어가 '꼼수'인데 이 뜻은 쩨쩨하게 수단과 방법을 가리지 않고 눈속임으로 남에게 피해를 주는 행위를 뜻한다.

꼼수는 보통 바둑에서 쓰는 용어다. 바둑에서 상대가 잘못 대응할 것이라 예상하고 두는 수를 말함이다. 상대가 의외로 정수로서 대응했다면 낭패를 볼 수 있다. 꼼수는 프로 바둑의 대국에서는 실수나 의도적인 흔들기를 제외하면 거의 두지 않는 방법이지만 아마추어들의 대국에서는 사람에 따라 자주 즐기는 바둑의 수다.

누구든 '정수'가 아닌 수로 바둑을 두면 실패할 확률이 높은 것은 뻔한 이치다. 이는 상대방의 착 점의 실수나 허점을 노려 야비하게 꼼수바둑으로 승리했더라도 오직 패자일 뿐이다. 만약 내기에서 꼼수 바둑으로 이겼다 하더라도 승자는 마음이 편치 않을 것이다. 계속 꼼수 바둑을 습관적으로 두다 보면 꼼수로서 이미 면역이 된 상태라 언젠가는 프로 연구생이라도 만나게 되면 큰 창피를 당할 수도 있다. 이를 잘 아는 사람이라면 다음에는 그런 꼼수를 절대로 둬서는 안 되지만, 다른 사람의 꼼수에 쉽게 말려들어서도 안 된다.

세상을 살다 보면 꼼수를 쓰는 사람들을 의외로 많이 만나게 된다. 누구나 상대가 꼼수란 것을 눈치채고 있음에도 서슴없이 행하는 것을 보면 너무나 안타까워 "어떻게 인간이 저럴 수가 있나?"라는 탄식이 저절로 나올 때가 있다.

이보다 더한 꼼수라면 거론하기조차 싫은 지금의 사회적 현실일 것이다. 요사이 중견 기업체들이 상품가격은 그대로 두고 슬쩍 용량을 줄여 사실상 가격 인상의 효과를 노리는 꼼수 판매전략(슈링크플레이션)을 쓰다가 결국 엄청난 과징금까지 물고, 기업의 명예 실추는 물론 소비자들로부터 외면당하는 양상을 여러 뉴스를 통해 들은 바가 많다. 이 사실을 들으면 정말로 경악과 경탄을 금할 수가 없다. 게다가 눈 가리고 아웅 하는 식으로 근로자의 퇴직금을 주지 않으려고 기금을 미리 월급에 포함시키는 그릇된 꼼수는 근로자를 짓밟고 우롱하는 처사로 갑질의 기업으로 비난받아 마땅하다.

그러면 한술 더 뜬 정치판은 어떠한가? 국민에게 봉사한답시고 겉 다르고 속 다른 두 얼굴을 가진 정치인들은 자기 할 일을 제대로 하고 있는가? 국민을 기만하고 내로남불로 권력을 휘젓고 있는 갑질의 오만방자한 정치인들에게 묻노니 그야말로 도덕심을 무시한 채 자기들의 꼼수는 꼼수가 아니라며 오히려 달콤한 꼼수를 즐기는 이유가 무엇인지 알고 싶다.

정치인 스스로 가슴에 손을 얹고 자신의 마음속 스승에게 물어보면 알 일이다.

이제 아무리 꼼수를 부려도 더 이상 국민은 속지 않는다. 또한 선거 때마다 국민이나 상대방을 꼼수로 비방하는 정치인들은 자기가 오히려 꼼수라는 것을 자인하는 것밖에 안 된다.

우리 사회에서 오랫동안 꼼수를 경험한 국민들은 이를 몰라서가 아니라 이미 꼼수의 허구성을 알고 있기 때문에 더 이상 속지 않으며 앞으로 오직 엄중한 선택만을 기다리고 있을 뿐이다.

또한 일반 사회에서 벌어지는 꼼수의 형태도 마찬가지다. 가지각색이기에 이맛살을 찌푸릴 때가 한두 번이 아니다. 특히 음식점에서 먹다 남은 반찬을 다음 손님에게 올린다거나 술집에서의 막걸리에 물을 타서 양을 부풀려 판매하는 행위, 또는 술 취한 손님에게 먹다 남은 양주에 물을 섞어 새것인 양 판매하는 행위들은 모두가 인간 이하의 파렴치한 꼼수의 전형적 형태다. 이런 썩어 빠진 영업 심보로 눈앞의 이익만을 바라고 손님들을 속이고 우롱하는 꼼수는 반드시 그 죄의 대가를 받아야 마땅하며 끝까지 색출하여 차후로는 이런 일이 발생하지 않도록 특단의 대책을 강구해야 할 것이다.

그 외도 틈틈이 '망둥이가 뛰니까 꼴뚜기도 뛴다'고, 사회 일각에서 서민들이 겪은 정의롭지 못한 야비한 이미지의 꼼수들이 암암리에 구석구석에서 날뛰고 있음이다. 자기의 택시비를 아끼기 위해 일행이 아니면서 일행인 척 가장해 승차하는 얌체족의 꼼수도 은근히 얄밉기는 마찬가지다. 또한 평범하지도 않은 기발한 아이디어라 생각하는 공부 방법도 있다. 즉, 혈변을 볼 만큼 열심히 공부했지만 별로 성과가 없자 정답부터 먼저 살피는 학생들의 꼼수 공부법이라든지, 시간 절약을 위해 문제의 정답부터 암기하여 역으로 효과를 노리는 얄팍한 공부 방식이 있다는데, 이를 믿어야 할지 좀 더 심중히 고려해 봐야 할 일이다. 여기에 더불어 사회에서 유행어처럼 번지는 꼼수 다이어트법이 있다고 하나 이 또한 확실히 증명하기 어렵기에 무턱대고 받아들여야 할지는 아직 마음의 정리가 필요하다. 아무튼 꼼수마케팅으로 어떤 일을 헤아리려는 능력. 즉 깜냥도 안되는 주제에 상대의 약점이나 실수를 노려 이득을 노리는 비겁하고 쩨쩨한 수단과 방법은 우리 사회에서 말끔히 살아져야 할 병폐임에는 틀림이 없다. 당장의 약삭빠른 꼼수 행위는 실효성을 거둘지는 모르나 더 이상의 속임수는 스스로 무너져 버린다는 위기의식을 갖지 않으면 실패할 수 있다.

법과 제도를 무시한 채 교만과 위선으로 권력이나 이익을 노리고 오직 자기 욕구만을 채우려는 파렴치한 꼼수는 그대로 방관 방치해서는 절대로 아니 되며 순수한 마음의 밭에 자라나는 연한 새싹마저 잘라버리려는 몰상식한 꼼수들은 깨끗이 씻어내고 명랑하고 활기찬 사회를 열어가야 할 것이다.

인도의 국부 마하트마 간디의 어록에 잘못되는 나라의 7가지 요인(사회악)이 기록되어 있다. 즉 "원칙 없는 정치, 노동(노력) 없는 부, 도덕 없는 상거래, 인력 없는 교육, 인간성 없는 교육, 희생 없는 종교, 양심 없는 쾌락" 등의 사회악에 대한 그의 주장을 귀담아 행하는 것도 꼼수를 벗어나기 위한 한 방법이며 우리의 청치, 상거래, 인간성, 회생, 양심의 문제들을 해결하는 데 큰 도움이 되리라 믿는다. 지금부터라도 우리는 정의의 실현을 위해 걸림돌이 되어왔던 깜냥도 안되는 꼼수의 오염된 낙서를 말끔히 지워버리고, 그 자리에 희망의 꽃망울이 아름다운 꽃을 피울 수 있도록 다 함께 힘을 모으는 것이 우리가 해야 할 최선의 방법일 것이다.

꽃망울의 미소처럼

이종윤 지음

발행처   도서출판 청어
발행인   이영철
영업   이동호
홍보   천성래
기획   육재섭
편집   이설빈
디자인   이수빈 | 김영은
제작이사 공병한
인쇄   두리터

등록   1999년 5월 3일
          (제321-3210002510011999000063호)

1판 1쇄 발행 2025년 1월 10일

주소   서울특별시 서초구 남부순환로 364길 8-15 동일빌딩 2층
대표전화 02-586-0477
팩시밀리 0303-0942-0478
홈페이지 www.chungeobook.com
E-mail   ppi20@hanmail.net

ISBN   979-11-6855-310-1(03810)